3

盛唐三部曲

天地明環

黃易

【卷十九】

第一章　盛情難卻

離開因如賭坊的一刻，龍鷹擁有了全新的視野。

台勒虛雲的洞悉人性，令他明辨世情，可從無聲之處，聽到驚雷；從毫無表徵裡，尋到蛛絲馬跡。冷眼旁觀下，不受掩眼假象之惑，直指真相。

遂有對自己兩次驗證，他龍鷹之所以能避過圖窮匕現，全賴老天爺的關照。換言之，可擊敗台勒虛雲者，惟老天爺而已。

運籌帷幄，不外如是。

台勒虛雲可信任自己而不疑嗎？龍鷹直覺非是如此，但亦非仍有懷疑，這個看法似乎互相矛盾，只因不明白台勒虛雲的處事方式，此君只會在某一階段，做這個階段須做的事。可以這麼說，由此時到安樂的大婚，他將與他的「范輕舟」衷誠合作，言無不盡，因目標相同。環繞著目標，龍鷹得到他沒保留的信任，但離開這個範疇，台勒虛雲不會透露分毫，其對人的信任，明顯有親疏之別。

「范輕舟」在台勒虛雲眼裡，是目前形勢下最重要的棋子，若不信任他，將無從發揮他這個棋子的威力。

以台勒虛雲的頭腦，剛向他展現出來對事物的掌握，肯定於李顯駕崩後的形勢和發展智珠在握，偏是含糊其詞。

隱隱裡，他曉得台勒虛雲對李顯後的大唐朝，已擬定嚴密、周詳的計劃。

龍鷹清楚自己的一大破綻，就是對李重俊兵變發生的前後情況，近乎無知，幸好非是沒補救的方法。

目前必須找個安靜的好處所，展卷細讀符小子的大作。

現時出入因如坊，次次用盡渾身解數，務求避人耳目。

情況與去見獨孤美女相同，須神不知，鬼不覺。

「青樓大少」柳逢春招呼符太的好地方，是秦淮樓內景觀最佳、位置優越的鴛鴦館，俯視小秦淮，遠離其他廂館。月色星光從兩邊槅窗映進廳堂，一時哪分得清楚是真是幻。

兩個挑選出來的女侍悉心伺候，為符太脫下外衣，奉上熱巾敷臉，剩是她們灼人的青春氣色，可令人樂不思蜀。

不過，符太在這方面異乎常人，對年輕貌美的女郎無動於衷，一心想著快點回「家」，並不受落青樓的風流陣仗。

柳逢春待人接物的經驗，乃豐富至再不能更豐富的老手，看在眼裡，卻不點破，敬符太一杯後，道：「此為我珍藏多年的特曲白酒，有個別緻的名字，叫『劉伶醉』。」

符太很想問「劉伶」是甚麼東西，知機地不問，怕一問便洩出不熟漢文化的底細。柳逢春一副自己理該知道般的模樣，使他生出警覺。

自己確不適合參加社交宴會，很容易在這類無關痛癢的事上露出馬腳，不由想到後天霜蕎透過長寧力邀他去做說書人的雅集，想想足教他頭痛。

酒確好酒，縱然不好杯中之物，酒入喉後，立感暖融融、懶洋洋的，有進一步令他投入眼前美景去的妙用，一時又不那麼的急著走了。

柳逢春再敬他一杯。

看著柳逢春期待他品評的神色，符太勉為其難的道：「很奇怪！我還是第一次喝酒，不感酒意上頭，閒逸舒適。」

一把女子的聲音從廳門外傳來，道：「王大人一語中的，令奴家拍案叫絕呵！」她說話語調異常，仿似中氣不繼，說得斷斷續續，句與句間的轉折，不輕喘一聲便難接下去般，誘人至極。

兩女相偕步入門來。

符太眼前一亮。

兩女一為清韻，另一便是豔名播天下，繼聶芳華後被譽為第一名妓的紀夢。不知如何，在這裡與兩女相見，似另有一番滋味，或許是被清韻獨特的語調破開了護心罩，較平時易被觸動。

兩女站在一起，紀夢高上寸許、窈窕少許的優美體型，加上遠比清韻精緻清麗的花容，天鵝般修美的玉脖，本該高下立判，可是，符太因著清韻動人的說話風格，卻感她沒給壓下去，其迷人的風韻笑容，在誘惑力上，可與紀夢分庭抗禮。

符太是第二次給女聲迷倒。

這小子的聽覺應與一般人有異，與自己同時面對紀夢和清韻時的看法不同，比重不一樣。

是否少年時代的經驗引致？

備受欺凌下，不敢說話，不敢看，躲在一旁默默的聽，特別留神心內女神的聲息。

當年他因而對柔夫人動心，今回會否再次發生？

兩女來到符太和柳逢春對坐的小圓桌兩邊，紀夢親自為符太添酒，不勝嬌羞的道：「這杯是敬大人仗義出手，為老闆和妾身解除煩擾。」

她話聲偏向低沉，害羞裡帶點冷漠，似是時時刻刻在克制著心裡的情緒，與人保持一定的距離，於青樓女子來說，確為異數。然無可否認，配合著她的絕世花容，帶幾分滄桑的嗓子，確愈冷淡，愈是動人。為何如此，怕沒人可以解釋。

清韻在另一邊，俯身湊在符太耳邊道：「此酒窖香濃郁，入口綿甜，落口爽淨，餘味悠長。大人現時喝的，是本樓最後一鑷呢！」

雖非左擁右抱，卻是左右逢源，芳香盈鼻，再分不出是酒香還是女兒香。氣息可聞下，若紀夢是只宜遠觀的空谷幽蘭，清韻便是花香撲鼻的野花，一團烈火。

看著清澄無色的美酒注入酒杯裡，符太開始有點明白，夜夜笙歌、醉生夢死的生活，為何使人樂而忘返。

紀夢先敬一杯，然後輪到清韻，以符太的硬心腸，在這樣「美人恩重」的情況下，亦有推無可推之感。

到兩女靠符太左右坐下，已有四杯酒進駐符太的肚子，仍只是微帶酒意，此酒果非一般凡酒可比。

此時有女侍進來，先向符太福身施禮，然後到柳逢春旁低聲說話，說畢退出廳外。

柳逢春現出個抱歉的表情，長身而起抱拳道：「王大人請恕我告退片刻之罪，因來了貴客，不得不去打個招呼。」

又向清韻道：「大姐好好給我招呼王大人，我打個轉立即回來。」

清韻嬌笑道：「王大人怎會有問題？怕只怕老闆沒耳福享！」
柳逢春惋惜的歎一口氣，匆匆去了。
清韻說話時，符太忘情的瞧著她嬌喘細細的誘人情狀，柳逢春的去與留，不關他的痛癢。
清韻接著往他望來，見符太目不轉睛看她，俏臉微紅，側身過來幾咬著他耳朵，呵氣如蘭的道：「大人看女人的目光大膽直接，很有英雄氣概。」
符太聽得酒意上沖。
他奶奶的！這大概就是青樓滋味，青樓外的女子，管她是否浪女，也說不出這類有高度挑逗性的話來，明刀明槍，擺明車馬，何況自己與她正式認識尚沒一盞熱茶的工夫。
紀夢姿容閒雅的安坐另一邊，似永遠不須和任何人說話，不過，瞧著她修長優美的長脖子，如天鵝般探出來，使人感到有她陪伴一旁，已為男性最大的殊寵和榮幸。
符太當然不會感到不好意思，灑然笑道：「老子一是不看，一是這般的看，教大姐見笑。」

清韻「哎喲」一聲，移開少許，橫他洋溢灼熱風情的一眼，道：「大人坐懷不亂的傳聞，是否唬人的幌子，原來大人這麼壞，奴家還能入大人之眼嗎？」

清韻對符太有很大的吸引力，然尚未至令他失去自制力的地步，不可否認，符太對秦淮樓的風流陣仗，高度享受，柳逢春的盛情款待非常到位，使一意速離的他也忘掉了離開。不過，符太仍堅持稍嘗即退的念頭，又心知如此下去，終及於亂，有違他一向不動心的原則。

在秦淮樓，紀夢固不須說，清韻也是地位特殊，非可隨意採摘的鮮花，還看她姑娘家的意願，尤使人感難能可貴。

岔開話題道：「來者何人？竟令柳老闆不得不親自接待？」

清韻露出害羞神情，喘息著道：「大人呵！老闆不去，須奴家去，奴家還如何好好招呼大人？」

符太差些兒抵擋不住她惹人遐想的醉人風情，一個急路轉彎，又重返男女調情的「正軌」，香豔刺激至乎極點。

龍鷹按卷讚歎。

他最能體會符太此時的情況，因曾身歷其境，也是香怪魯丹曾經歷過的，當清韻看中一個人，她毫無保留，全力以赴。

能使清韻青睞者，必須是特立獨行之士，有男子氣概，不屈膝於強權，對她來說，這些條件比外貌的醜妍重要多了。

沒人認為香怪在外型上配得起她，但她偏偏對香怪動心；符太的「醜神醫」以貌論，實不敢恭維，她卻一見鍾情，施盡解數誘惑之。

如此美女，妙不可言。

讀到這裡，他尚未能明白，為何符太花大篇幅細述柳逢春感恩的款待。唯一辦法，是在符太的文字領土，繼續深耕細作。

要命的，是符太此時亦不忍離開，不願告辭，眼前奇逢，可遇不可求，但亦清楚曉得，與清韻和紀夢最美麗的關係，正是若有如無之間。

此正為符太一向堅守的法旨，任何事物發展下去，似如鮮花，不論開得如何燦爛，終有萎謝的一天，為物之常性。

故此當年在洛陽，他向柔夫人獻上《御盡萬法根源智經》後，能夠急流勇退，正源於這個經長期培養出來的定見。

月圓月缺，天道之常。

人力雖不能逆轉天道，卻可作出選擇，將結束凝定在某一刻，短短一瞬，可成永恆。

於表白衷情後離開柔夫人的剎那，對符太來說，事情已然終結。

只恨為扮醜神醫，符太墜入塵網，因著種種原因，失守在妲瑪和小敏兒身上，還感覺良好，累得他誘惑當前下，防守力被大幅削弱。

聳肩微笑，道：「不可以吐露嗎？」

紀夢除敬酒前的一番感激他的說話外，一直默不作聲，卻沒因兩人旁若無人的調笑，有絲毫尷尬不安，靜似止水，隔岸觀火。

無疑的，她陪侍一旁的存在，對清韻向符太挑逗調情的刺激度，有火上添油的奇效。

清韻白符太一眼，似在責他怪錯她，道：「是相王呵，冤家！」

符太心中打個突兀。

王公大臣來逛青樓，平常不過，不這麼做方為例外，可是，不知如何，曉得來者是相王，心中竟湧起危機的異感，一時又沒法具體描擬危機起於何處。

問題出在哪裡？

以相王李旦的地位，「青樓大少」親自去招呼，理所當然。這才明白早前清韻指出，柳逢春將錯過紀夢答謝符太的表演，當時有點摸不著頭腦，因柳逢春說打個招呼後立即回來，紀夢怎都要給老闆少許面子，待他返至才獻藝，此時終明白，所謂「打個招呼」，非一時三刻後可抽身回來。

心裡一動，問道：「相王自己一個人來？」

清韻為表對他的忠誠，言無不盡的道：「相王以前罕有到本樓來尋歡作樂，近來多了點，雖然是單身來，可是呵！以他在西京的地位，誰不爭相巴結？所以每次都是大夥兒一起盡歡高興。」

符太暗歎一口氣，心忖這還不是掩人耳目的秘密聚會。很想問與相王密聚的多是哪幾個人，亦知不宜窮根究柢的追問。

女帝如此精明，為何偏生出這般蠢的兒子，李顯如是，李旦也這樣子。反是女兒太平，頗具乃母遺風。

清韻忽然向符太另一邊的紀夢發炮，炮聲隆隆，嗔道：「夢夢是正主兒，娘是陪客，卻似得娘一個人伺候大人。」

符太目光投往紀美人。

紀夢微聳香肩，一副漫不著意的神情，無可無不可的，先對符太奉上如一抹溫暖陽光的笑意，道：「女兒找不到說話的機會呢。」

符太想不到紀夢可如此潑辣，她斯文淡定的美樣兒，令人誤會，忍不住笑起來，搖著頭看她的娘怎樣反擊她的女兒。

豈知清韻若無其事的，欣然向符太道：「知女莫若娘，不如此，激不起夢夢的真情性。」

轉向紀夢道：「現在娘任你暢所欲言，看你怎樣討太醫大人的歡心。」

青樓女子的手段層出不窮，以符太的不近人情，仍感樂在其中，趣味盎然。

孤芳自賞的紀夢來討好你，可以是怎樣般的樂趣？

紀夢似在說著與己無關的事般，烏黑的眸神落在符太臉上，聊天的道：「紀夢有一事請教大人。」

她的話惹起符太的好奇心，訝道：「說吧！」

紀夢道：「聽說後晚大人將出席都鳳大家新居啟用的雅集慶典，講述河曲大捷的精采過程，是否確有其事？」

符太尚未答她，清韻興奮的道：「假若說的人不是河間王，我們不會相信，因太醫大人一向不賣任何人的帳，又從未聽過大人與都鳳有來往。」

龍鷹立告頭皮發麻，終明白符太為何不漏過這段經歷。

事情可疑之極。

霜蕎不惜打出長寧這張牌，令符太沒法推辭，楊清仁又主動為此「說書盛事」宣揚。

依弓謀所說，楊清仁並不好色，若特為此到青樓來散播消息，肯定居心叵測。
究竟是怎麼的一回事？

第二章　誰為英雄

符太心裡嘀咕，事情頗不尋常。

自己這邊答應，楊清仁那邊知道，顯示霜蕎即場通知楊清仁，由他將說書的事廣為傳播。依道理，散播謠言不須楊清仁親自出馬，隨便找個人可以辦到，一傳十，十傳百的，可弄得全城皆知。

偏要出動楊清仁，便耐人尋味，竟不怕他與霜蕎的關係曝光？

如清韻之言，假若說的非為楊清仁，她會當是謠言。

楊清仁究竟有何居心？

清韻充滿誘惑意味的聲音在耳邊催促道：「大人呵！你在想甚麼？想得癡了！」

符太驚醒過來，苦笑道：「此事一言難盡，他奶奶的，你們何時聽到的？」

由於清韻半邊身挨了過來，嬌喘細細的，呼息如海浪起伏般潮沖耳際，若往她一方轉過去，即使碰不到她香唇，距離肯定不到一寸，自然而然朝紀夢望去。

名妓紀夢正瞪著期待他說話的一雙美目，定睛看他，一雙瞳子烏黑發亮，明如黑夜裡的星辰，奪人心神，一時不以為意裡，差些兒給勾去魂魄。

符太心裡喚娘，這麼下去，再練多十年「血手」，怕仍挺不住左右夾攻的誘惑。

紀夢見符太朝她直瞧，抿嘴做了個無辜的微妙表情，神態扣人心弦至極，道：「今早妾身回來，清韻姐便拉我說這件事，還說弄清楚情況後，後晚和紀夢一起去參加，聽她的大英雄親口敘述河曲大會戰。」

符太一呆道：「大英雄？她不曉得鄙人只負責醫人。哎喲！」

耳珠中招，給清韻輕噬一口，力道適中，既不真正弄痛他，亦不輕至沒有痛楚，剛恰到好處，稱心之至。

清韻罵道：「太醫騙人，你不醫人時幹甚麼？」

符太理所當然的道：「睡覺！」

兩女同時忍俊不住，齊聲嬌笑。

紀夢還好點兒，雖然開懷，但有節有制，不像清韻般放浪形骸，一手搭著符太肩頭，笑個花枝亂顫。

符太心忖若此時把清韻攔腰抱起，肯定不遭反抗，讓他抱往任何地方去。之心裡有此胡作妄為的念頭，是因她的笑聲笑態，有攻心徹骨的誘惑力。

符太沒話找話說的，道：「鄙人絕非甚麼英雄好漢。」

紀夢耐不住的白他一眼，展現出含蓄的風情，媚在骨子裡，輕輕道：「凡敢起來對抗突厥賊兵者，都是韻娘的大英雄。」

沒想過的，清韻收止笑聲，坐直嬌軀，垂下頭去，面露不可名狀的哀傷。

符太有所覺下，別頭瞧她，心內泛起明悟。

龍鷹讀到這裡，像符太般明白過來。

唉！清韻該有一段傷心史，是由突厥狼軍一手造成，與突厥狼兵有不共戴天之仇，故此視敢與狼軍對抗的為心內英雄。

龍鷹和符太，遠遠超出清韻英雄的標準，乃能令突厥狼軍遭遇自大唐開國以來，繼突厥大汗頡利被生擒後，最嚴重挫折的大功臣，故此清韻對符小子的「醜神醫」刮目相看，青睞有加。

這解釋了清韻因何對他的「范輕舟」忽然變得熱情如火。她的獻媚，糅集了感激、報恩、崇慕、傷情、宣洩的複雜情緒。人與人間的了解非常局限，當時自己尚認為清韻見一個，愛一個，怎想到內裡有深層的原因？

解開一個疑團，另一疑團又起。

紀夢為何在七色館啟業儀式一會後，宣言不再見他的「范輕舟」，又言出必行，真的拒絕見他。

當中有他不明白的道理。

紀夢善解人意的打破如倏被冷凝的氣氛，輕柔地道：「昨夜國宴後，河間王跟大隊，隨老闆返秦淮樓繼續慶祝，鬧個通宵達旦，聽說有些大官，離開時給扛上馬車去。」

又加一句道：「看來大家是真的高興。」

符太難以相信的道：「河間王竟喝足一晚酒？」

清韻嘶啞著聲音答道：「河間王最早離開，幾巡酒後，又曉得夢夢不來，便告辭離開。」

符太心忖合理，趁機問道：「相王有否一道來？」

清韻平復過來，道：「相王從來不會呼朋喚友的到秦淮樓來。昨夜，當河間王宣佈太醫大人將於都鳳大家的雅集現身說法，詳述如何將突厥賊兵趕往陰山之北，惹得全場起鬨，情懷激烈。據其時在場的趙彥昭趙相說，張仁愿大將軍稟報皇上，范爺、宇文劍士和太醫大人獨力組軍，一直在無定河北敵人的勢力範圍內孤軍作戰，還遠程奔襲敵人在大後方、河套區的後援大寨，逼得狼軍狼狽北撤，卻給你們的遠征部隊狂破於大河北岸，郭大帥又重兵殺至，令狼賊倉皇渡河，死傷無數。」

符太搖頭道：「默啜非是狼狽北撤，而是另一個計劃，乃誘敵之計，只可惜事與願違，變成讓自己踩下去的陷阱。」

清韻朝他看來，雙目泛淚，幽幽道：「人家再沒法在廳子內待下去，走了出來，找個沒人的地方哭了一場，很痛快，並期待可以見到太醫大人。」

符太想安慰她幾句，但安慰人實非他之所長，兼且清韻的悲情異常複雜，既喜悅，又哀傷，使他更不知該從何處入手，說出恰當的善詞。

紀夢知機的在另一邊道：「請太醫大人賜准，讓紀夢獻君一曲，以示感激之情。」

「蘭若生春夏，芊蔚何青青。幽獨空林色，朱蕤冒紫莖。遲遲白日晚，嫋嫋秋風生。歲華盡搖落，芳意竟何成！」

符太正奇怪為何不見樂器，紀夢清唱一曲，其動人處，是符太從未想過的，如此厚禮，再多來幾次做「保護神」，仍值得有餘。

平時的紀夢，或許靦覥、內向，可是，當她如徐徐綻放的鮮花般，引吭詠唱，她一貫以之示人的高傲冷漠，冰雪般融解了，忘人忘情，隨心所欲地變化音色，強弱轉折，是那般的毫不費力，又是漫不經意，如在空白的畫紙東一筆、西一筆的隨手塗抹，偏成沒任何言詞可形容一二的神品。

符太首次為樂曲驚豔絕倒。

紀夢搖曳著難以捉摸氣味的腔音仍縈迴耳邊之際，符太請辭。

清韻可能再次給紀夢觸及心內的情緒，「鬥志全消」，同意放人。

紀夢將送別醜神醫的殊榮拱手讓與清韻，後者伴符太到外大門途上，符太告訴她，河曲之戰真正的大英雄，是「范輕舟」而非他，若非「范輕舟」冒死扮龍鷹，不可能收得如此輝煌的戰果。

龍鷹讀得會心微笑。

自己扮的「假鷹爺」，符太的「軍醫」，變成了一筆糊塗帳，很難預猜符小子怎樣說這趟書。

符太開始從霜蕎的雅集慶典嗅到燒焦的氣味，偏是沒法找到火頭。

他龍鷹也無從揣測，總知多少與台勒虛雲有點關係，此君高瞻遠矚處，超越自己的例子，俯手可拾，最可怕的例子，是移花接木，將大江聯無痕無跡地轉植往黃河幫的土壤裡，開花結果。

田上淵的對手再非陶顯揚，而是奮發有為的高奇湛，絕對是田上淵的勁敵。其厲害處，是直至今天，田上淵仍懵然不知，有大敵窺伺一旁，待機而動。

龍鷹忽發奇想，假設符太拒不赴會，能否化解台勒虛雲的陰謀於無形？

大概辦不到。

醜醫說書，惹起了轟動西京權貴的效應。想曉得如藏在迷霧裡的大捷真相，又有赴會資格者，誰願錯過，即使符小子臨陣退縮，來的早來了，該亦沒有人真的怪責霜蕎，符小子的醜神醫一貫是這麼樣的人。

符太半睡半醒間，一團火熱投入懷裡去，嗅到小敏兒的氣味，符太摟個結實，心內充滿難以言喻某種踏實和生活的感覺，是一種擁有的滋味。

以前的他一無所有，刻意地一無所有，小敏兒是改變他的女子，令他曉得孑然一身的「好日子」，一去不返。

「不行呵！」

符太睜開眼睛，臉紅如火、清麗無倫的花容映入眼簾。

訝道：「為何不行，不是本太醫愛怎樣，便怎樣？」

小敏兒象徵式的掙扎了一下，當然掙不脫符太的魔掌，因本已不算大的氣力，一點也用不出來。喘著氣道：「高大在外堂候大人，接大人入宮去看馬球賽。」

符太再肆虐一番後，放過她，坐起來，奇道：「高小子仍有幹迎送生涯的時間？」

高力士在宮內忙得透不過氣，方為正理。

小敏兒哪說得出話來，是否聽清楚符太說甚麼，尚為疑問。

看著她釵橫鬢亂的誘人模樣，符太頗有所感，若以前小敏兒一直活在沒半絲溫暖的冰封之地，自己就是她生命裡的第一個春天。昨夜從秦淮樓回來，被挑起的情緒，盡歸小敏兒所有，其抵死纏綿處，前所未有的激烈，連符太也不明白自己，為何清韻竟有這麼大的影響力。

勉強爬起來的小敏兒，伺候他梳洗更衣，卻怎都不肯出去讓高小子得見她的模樣，符太只好自行到外堂去。

高小子毫不客氣，伏桌大吃小敏兒弄的早點，可知他匆匆趕來，沒吃東西的時間。

符太在他旁坐下，皺眉道：「離球賽尚有整個時辰，這麼早來幹嘛？你很清間？」

高力士仍可從容伺候符太進膳，邊道：「經爺明鑒，我們當內侍臣的，怎高怎大，說到底當的仍是奴僕，身不由己。今早皇上天未亮便起來，第一件事正是著小子來迎接經爺入宮，免錯過娘娘為他安排的節目，因難得一見呵！」

符太皺眉道：「你似是滿腹牢騷。」

高力士道：「小子可否說真話？」

符太啞然笑道：「果然給老子猜中，你真的是滿腹牢騷。你奶奶的！給老子從實道來，看究為何事，竟可令你憋不住？」

高力士歎道：「娘娘安排，令皇上如此興奮的賽前助興節目，別開生面，乃在宮內挑選年輕貌美的六百個宮娥，分兩批在承天門樓前的橫貫廣場做拔河比賽。」

符太愕然道：「竟有這麼一回事！」

高力士現出沉痛的神色，搖搖頭，沒說下去。

符太細審他的神情，恍然道：「原來你剛才說甚麼仍是奴僕的話，乃有感而發。」

龍鷹記起早前問過高力士有關馬秦客、楊均、按摩娘之事時，談到李顯的龍命危如累卵，符小子無動於衷可以理解，但高力士亦表現得對主子冷漠無情，肇因於此，至少是原因之一。

聽到能令全城色鬼趨之若鶩的宮娥拔河，龍鷹除了大罵荒唐外，沒任何特別感覺。可是，卻令高力士生出物傷其類的悲哀。

想想，他與其他宮娥、內侍等長期在宮內生活，高力士對他們中弱勢的一群照顧有加，現在韋后一句說話，俏宮娥們須出來拋頭露臉，表演百戲般任人觀賞，高力士能不感懷身世？

韋后固不當宮娥們是須受尊重的人，而此舉是另有作用，以之為安樂造勢，代表著安樂一方已有勝算。

沒有田上淵，安樂為何仍有贏馬球賽的把握，難道獨孤倩然肯出山助她？怎可能呢？

又這麼巧的，符太這邊描述對小敏兒的感受，那邊便有高力士對當奴僕身不由己的感慨，故此將與小敏兒的畫眉之樂，一併書之於卷。也是符太對自身變化的檢視。

活在西京這個煙花之地，權貴們醉生夢死之鄉，以符太一貫自行其是的作風，仍不免受到沾染。

對符太是好是壞，怕老天爺才比較清楚一點。

說到底，在生活的洪流裡，誰不身不由己？

符太道：「不是老子說你，你只是在傷春悲秋，即使換了另一個做皇帝，情況依舊，而即使沒有皇帝，如此情況，會換另一種形式繼續下去，可發生在任何地方。」

高力士沮喪的道：「小子明白。」

符太道：「明白一回事，受得住另一回事。學老子吧！練就鐵石心腸……嘿！勿那樣看老子。唉！這樣下去，終有一天老子的心腸變得像你那般軟。」

他記起的，是昨夜紀夢的歌聲。

清韻在他的印象裡，模糊起來。

高力士道：「謝經爺提點。」

符太道：「我提點了你甚麼？」

高力士答道：「提點了小子做人的正確態度。」

符太差些兒抓頭時，高力士道：「娘娘想私下和經爺碰個頭。」

符太歎道：「可免則免，沒了大混蛋，不知對她抱何態度方為正確。」

高力士道：「小人愚見以為，娘娘現時對經爺的看法正面，打鐵趁熱，何不再多送她一個順水人情。」

符太不解道：「甚麼人情？」

龍鷹納《實錄》入懷，收藏好，无瑕現身榻旁，雙手扠著小蠻腰，作雌老虎興師問罪之狀，可是掛在玉容的表情，卻似嗔似喜，非是一面倒的不悅。

龍鷹以笑容迎接，道：「大姐到哪裡去了？累老子等得累了。」

无瑕沒好氣道：「累便該睡，不過看你的樣子，既沒睡過，且沒半絲睡意。」

龍鷹歎道：「睹物思人，何況睡在大姐的香榻上，愈想愈精神，怎睡得著。預備好了晚膳嗎？老子肚餓！」

說時順勢坐起。

无瑕探出玉手，伸到他眼底下，張開，道：「看！」

龍鷹往她伸直的玉掌望下去。

第三章　自我犧牲

一枝三寸許長的針，躺在无瑕雪白的玉掌上，明顯有首尾之分，針尖鋒銳，尾端轉寬，鑄工精細之極，是摻入銅料的鋼針，硬裡含柔，令人見之生畏。

龍鷹探手從下而上抓著她玉掌，另一手以兩指拈起鋼針，順勢將她的手拉近，俯頭吻她掌心。

无瑕怕癢似的猛地縮手，掙脫他的掌握，臉蛋紅起來，低聲罵了連串龍鷹聽不懂的方言，字字清脆俐落，如珠落玉盤。

雖然明知不是甚麼好說話，龍鷹如聽著遠古祝巫的神咒，字字受落，得意洋洋的把針移到鼻端下，作嗅狀，道：「大姐真香！」

无瑕罵了句他明白的「死無賴」後，又像個沒事人似的，笑吟吟瞧著他。

「叮！」

龍鷹不知用了甚麼手法，將鋼針以指彈上上方，針轉如輪的朝屋樑升去，於及樑前回落，最後再一次給龍鷹捏在兩指間，整個過程沒看半眼的，然用眼看也難那般的恰到妙處，精準無倫。

龍鷹正容道：「小弟有一事大惑不解，向大姐請教。」

无瑕沒好氣道：「最好勿說出來，你有何好話？」

龍鷹笑道：「那就要看大姐對小弟是否真情真意，否則好話也變得難以入耳。」

无瑕白他一眼，似嗔似喜的，動人至極，道：「你亂吻一通的，還在惡人先告狀。」

龍鷹訝道：「如果每一吻事先須徵求大姐同意，恐怕到今天仍親不到多少口。」

无瑕忍俊不住的「噗哧」嬌笑，兩眼上翻，坐到床緣，嬌憨可愛。

龍鷹移到她旁，擠著她香肩詐癲納福，滿足的吁一口氣，又把鋼針挪至眼下，仔細端詳。

碰碰她香肩，問道：「為何親手心如此小兒遊戲的事，大姐反應這麼大，臉蛋也紅起來？」

无瑕大嗔道：「還要問？」

龍鷹知所進退，忙道：「不問！不問！」

他當然曉得自己做過甚麼。

剛發生的，是個試情的小驗證，是出奇不意的突襲，看无瑕在無防備下，對他能攪其芳心的魔氣反應有多大，答案是「不堪一吻」，因而大發嬌嗔。

和无瑕一起的每一刻鐘，時間溜走的速度以倍數增速，光陰苦短。

離開因如賭坊之際，他想過返興慶宮，或找個寧靜的河畔，趁日落前趕讀《實錄》，可是，最後仍是到了无瑕的香閨來，在於无瑕的吸引力，若如森林裡的美麗精靈，水內專事誘惑男性的水妖，教人明知危險，仍難以拒絕。

此時碰著她香肩，嗅吸著她迷人的氣息，哪還知人間何世。

自己對她愈見沉溺，幸而她好不了他龍鷹多少。

偷吻她掌心的剎那，她的抖顫一絲無誤地告訴他，觸碰的是她「玉女之心」的至深處。

無須任何語言的接觸，對話的是他們的心靈，龍鷹超凡的靈覺、魔感，鑽進了她芳心內的神秘領土，記憶深處的天空、海洋和原野，寬廣深邃。

无瑕的聲音在耳邊輕柔的響起，道：「要從一根管子裡，將這樣的一根鋼針吹射出來，橫過逾二丈的距離，去勢沒減緩分毫，必須以真氣貫注鋼針較寬的尾端。」

稍頓，徐徐接下去，道：「這樣的一根針，不可能用手擲出，準繩、力道均沒法掌握。當吹針從管口噴射而出，針再非針，而是一注凝練的真氣，無聲無息，殺人於無影無形，易似探囊，非下過一番苦功，又有獨門心法者，不可能以這個方式突襲目標。」

或許剛讀過符太對聲音另有天地的描繪，又思索過少時聲音對他曾起過的作用，此刻无瑕耳旁叨絮般的私語，別有滋味。

得此思彼。

沒有了聲音的天地會是怎樣子？

大地上，幾乎任何東西均可以發出聲音，樹搖葉動，浪潮沖岸，每一個聲音，都是我們了解周遭環境的線索，聽覺喪失，外在天地和我們的交通將告斷絕，多麼可怕？

和无瑕一起，他內在的天地變得廣闊，想到平時沒想過的事物，刺激著他的思維，而思維正是魔種與現世的交流。

无瑕悅耳的聲音，如風鈴隨柔風叮噹作響。

她的聲音接下去道：「吹針襲人，固然難中之難，但范當家不單能生出警覺，且是在高手如田上淵者全力以『血手』突襲的當兒，范當家其時能避開吹針，已是非常了不起，可是呵！范當家技不止此，竟能以牙齒咬吹針一個正著，並連消帶打，殺得田上淵幾無還手之力，已非『神乎其技』四字足以形容。」

龍鷹仍深陷无瑕嗓音的動人境界，因一點不擔心无瑕可由此推斷他是龍鷹，在那樣的兩次驗證下，尚不露破綻，任何懷疑亦要在如山鐵證前土崩瓦解。无瑕之所以重提此事，是對他重新估計，亦想不通，故希望能從他身上敲出多點線索。

既然不用擔心該擔心的事，不論她說甚麼，當打情罵俏好了。更深層次的原因，是无瑕「玉心」對他的反應。

他首次對无瑕有丁點兒信心、把握。

无瑕輕輕道：「人家告訴小可汗，目光受馬車隔斷，看不到事發情況。」

龍鷹才不信她，小可汗當時根本在場，她不可能不知道。

小騙變成情趣。

聲音是以波動的形態，進入他耳鼓，達到高峰，在耳內擴散、震動、捲曲、分支、迂迴、轉接、回輸。未試過在全神貫注下，竟可以有這麼多新發現，如武功之入微，耳內的天地，別有洞天，無與倫比。

龍鷹向无瑕微笑道：「忘了告訴大姐，小弟『鋼牙接針』之技，由第一天懂吃東西時，開始練習。」

无瑕低聲罵道：「死無賴！」

龍鷹開始穿靴。

无瑕道：「你要走嗎？」

龍鷹道：「每次來，大姐總不在家，累小弟瞎等。唉！今天一事無成。」

无瑕道：「你到哪裡去？」

龍鷹道：「小弟現在去籌款。哈！」

隨手將鋼針插在她的頭巾處。

无瑕任他施為，有點像新婚燕爾的男女，初嘗甜蜜的夫妻生活。

龍鷹問道：「大姐平時在家，幹甚麼活？」
无瑕道：「生活的瑣碎事，怎數得清？」
龍鷹又問：「大姐見過那九卜女嗎？」
无瑕嘟長嘴兒，氣鼓鼓的道：「你不是趕著去籌款？」
龍鷹探手摟她香肩，在她臉蛋輕吻一口，目前无瑕馴似羔羊的可愛模樣得來不易，不忍破壞，故不敢輕舉妄動，雖然，心裡想得要命。
无瑕的身體，宛如神蹟，纖穠合度，體態撩人，發熱發光似的，沒男子抵受得了。
道：「小弟在試探大姐的反應，看會否出言挽留。哈！籌款可留待明天，今晚就索性和大姐在這溫暖的小窩子，共度良宵。」
无瑕白他一眼，道：「言不由衷，沒一句認真的。」
龍鷹故作驚訝的道：「小弟有哪句話是不認真的？噢！」
无瑕站起來，以無比優美的姿態一個旋身，劈手執著他衣襟，凶巴巴的道：「死小弟，別忘記你尚未返鄉祭天祭祖，又沒預備大紅花轎，還滿口認真？」
龍鷹給她翻不知多久遠年代前說過的話，差些兒啞口無言。

摟著她時，那種滿足動人的感覺，超越了語言的極限，只恨得而復失的空虛失落，同樣非常難受。

她轉身的動作，暗含「天魔妙舞」，於剎那之間，盡顯曼妙的曲線，看得他目眩神迷，顛倒傾醉。

龍鷹際此一瞬之間，心生異樣。

眼前的无瑕，處於未之曾有的高度戒備，她是曉得湘夫人和自己合體交歡的事，此類男女情事，外人難以勉強。本質是自發的行為，不過，因著湘君碧和无瑕姊妹情深，湘君碧向「范輕舟」獻身，多少帶有少許為无瑕犧牲的味兒。

被卑鄙的楊清仁，為求一己私利，破掉湘夫人的「玉女心」後，經多年休養生息，該已在大體上復元過來。

在與美人兒師父歡好之時，魔種被激起真性，採取狂風暴雨的主動，粉碎了湘夫人「玉女心」最後防線，令她心動失守。

任何與玉女有關的行為，須從大局觀之方能看出真相。白清兒的遺命，若如婠婠對女帝的令限，不可能有半分逾越。武曌最後捨本族的武承嗣，允龍鷹之所請，讓李顯回朝復辟唐統，條件為龍鷹開出另一盛世，以彰顯聖門的功業，也是不可為下之可為，隱隱承傳婠婠原意，是別無選擇下的變通。

湘君碧在明知已對「范輕舟」動心下，仍以身侍「范輕舟」，是一次對這個莫測深淺的強大對手最透徹的「摸底」行動，所得的情況，予无瑕參詳，无瑕的成敗方為關鍵，也是在湘君碧功成身退前，贈與姊妹的珍貴大禮。捨此別無他法。

現時楊清仁的皇業，露出一線曙光，然而，前路漫長崎嶇，變數難測，其成敗在很大程度上，繫乎龍鷹的「范輕舟」。

簡單舉例，一旦龍鷹投向宗楚客，由於他掌握幾乎大江聯的所有部署和秘密，可令楊清仁舟覆人亡，且波及香霸和洞玄子，縱僥倖逃生，已失掉捲土重來的可能性。

由此可知「范輕舟」在台勒虛雲的鴻圖大計裡的重要。

湘君碧和柔夫人完成她們的使命，功成身退，龍鷹大感理所當然，皆因當美人兒師父告知他的當兒，龍鷹感應到湘夫人字字發自真心，兼沒欺騙他的理由，可是，想深一層，他並不真的掌握到她們功成於何處，始終楊清仁尚未登上皇座。故此，若她們退走，其中必有不明白的道理存然，只是他不知道，或許永遠不知道。

无瑕顯然未完成所負擔的任務，即以其「媚術」駕馭「范輕舟」，貼切點形容，就是她「纖手馭龍」的招數，情縛其心，使「范輕舟」牢牢站在他們的一方，直至楊清仁君臨天下。

她兩個師姊妹可退，她卻絕不可退。

剛才台勒虛雲對龍鷹空前坦白，點出宗楚客、田上淵一直狼狽為奸，從沒鬧分裂，是怕他這個江湖客、冒險者、投機之輩，歸於韋宗集團的一方。

正因沒人可弄清楚「范輕舟」究竟是怎麼樣的一個人，引發各路人馬、勢力無窮盡的想像。

在如此微妙的形勢、狀況下，湘夫人「明知山有虎，偏向虎山行」，為首席玉女无瑕，提供了捨此外別無途徑的珍貴消息，令无瑕明白「范輕舟」的虛實。

龍鷹有個感覺，美人兒師父根本不用告訴无瑕箇中狀況，只須讓无瑕檢視事後的她，可如展開畫卷般，令无瑕得窺全象。是否如此，老天爺方清楚，但他確有這麼的一個聯想。

說到底，他並不真正明白「玉女宗」的「媚術」。

以无瑕之能，龍鷹偷吻她掌心，她即使不能及時避開，也可以從心的層面抵禦其突襲，可是，她竟不設防，很大機會是「以身犯險」，進一步掌握「范輕舟」。

通過親身體會，加上透過湘夫人對「范輕舟」的認識，无瑕對他生出從未之有的警覺和戒心。

可以這麼說，兩人間的「情場戰場」，進入全新的階段。

在過去多天，恐怕雙方都因互相間的吸引和糾纏，忘掉初衷，迷失於郎情妾意的支路歧途上。

无瑕向他展示九卜女的吹針，是回歸現實，望能掌握「范輕舟」，那即使「范輕舟」背叛他們，无瑕仍可在有把握的優勢下，收拾「范輕舟」。

隨時可由情侶變為死敵，正是他們間愛情的本質，從來沒改變過。

這個明悟使他沮喪，同時激起魔性。

龍鷹手舉左右，作投降狀，嘻皮笑臉的道：「認真的話有何好聽的？老實的人最悶蛋。哈！這兩句實話實說，若大姐認為不中聽，恰恰顯示認真的老實話無益有害。呵！」

下一刻无瑕不費吹灰之力似的，將他硬扯起來，扔到房門外去。

龍鷹輕鬆地探頭入門，向扠著小蠻腰，卻仍風姿綽約的「玉女宗」首席玉女笑嘻嘻的道：「大姐含恨出手，小弟雖不得不退避三舍，但心內對大姐的愛，有添無減，因曉得大姐對小弟非無情。」

說畢，一溜煙的跑了。

龍鷹離開无瑕香宅，日已西沉，夜幕低垂。

充盈秋意的風吹來，卻拂不掉心內的歡愉。

无瑕忽然動氣，源於他「共度良宵」一語，刺激她想起自己與湘夫人的交歡，生出微妙的妒意。

湘夫人代无瑕出征，正因看破无瑕身陷險境，有被情海淹沒之厄，大不利白清兒遺命的執行和完成。

龍鷹有個直截了當的辦法，每感迷糊，便以娟娟和女帝的關係，搬過來加諸白清兒和三個徒兒上，可免受表象蒙蔽，如認為湘夫人對他的獻身，為純潔的男女之情。

對无瑕和柔夫人的看法，亦以此為唯一準則。

任湘夫人來說，最理想莫如憑她足可俘擄「范輕舟」的心，辦不到，亦可摸清楚「范輕舟」的虛實。

此著厲害至極，龍鷹沒得隱藏，若非兩次檢驗鐵證如山，他已露底。无瑕因而對他重新評估，遂有親口問他以齒接針的事，瞧他有何說法。

或許是錯覺，可是龍鷹確感到與无瑕的情鬥，非他一貫認為般的不濟，而是鬥來鬥去下，戰個旗鼓相當。

雖然籌款方面，今天一事無成，在其他方面，卻大有斬獲，現在好該返興慶宮，舒舒服服，挑燈夜讀符小子的《實錄》。

忽有所覺，一人從後方趕上來。

第四章　渠岸夜談

趕上他的是符太，計算時間，僅夠到柔夫人處吃餐便飯，飲盅熱茶，然後打道回府，沒親熱過。

不過符太神采飛揚，春風滿面，顯然非常滿意今夜的表現。在符太提議下，兩人到漕渠南岸僻靜處坐下說話，河風拂面下，另有一番夜深人靜、遠離大都會日間繁囂的滋味。

兩兄弟並肩說話。

符太道：「今天不寫了，索性口述。」

龍鷹道：「瞧你一副滿載而歸的模樣，是否摸過她？」

符太沒好氣道：「色鬼就是色鬼，腦袋裝的全是髒東西，你奶奶的！你們不是有句『君子動口不動手』嗎？」

龍鷹喜道：「那就是親過她，誰操主動？」

符太罵道：「動口指的是說話，明白嗎？」

龍鷹不解道：「既然如此，有何值得太少這般開心雀躍？」

符太道：「讓老子點醒你，無影無形的相投才是男女間的最高境界，不過！和你說這類話，是對牛彈琴，浪費唇舌。」

龍鷹抓頭道：「不是你們沒說過半句，一切盡在不言中，無聲勝有聲吧？你奶奶的！你和她該遠未臻此境界。」

符太光火道：「你究竟想聽還是不想聽？」

龍鷹大力拍他背脊，喘著氣笑道：「太少息怒，小弟在妒忌，因和你柔美人接觸過，清楚太少現時得到的，多麼難能可貴。他奶奶的，那時她眼尾都不瞥小弟一眼。」

符太得意的道：「有甚麼好怨的，你根本不是她看得上眼的那類人。」

又歎道：「嚴格點說，她本該也覺得老子礙眼。怎樣形容？她屬孤芳自賞，活在一個自我封閉的天地裡，老子是不請自來，強行闖入，踏足她心內的無人地帶。哈！看！形容得多麼貼切。」

龍鷹細察他的神情，訝道：「你這傢伙對她似愈來愈認真，故而想得這般深入。」

符太道：「少說廢話，老子來告訴你，男女間的最高境界，是明白對方心內的痛苦。」

龍鷹皺眉道：「應否掉轉來說，是分享她的喜悅。」

符太沉浸在奇異的情緒裡，雙目射出追憶縈迴的神情，道：「歡樂怎及得上痛苦的深刻。『如人飲水，冷暖自知』，道盡箇中一切。」

接著朝他瞧來，道：「眾生皆苦，生離死別，悲歡離合。明白嗎？」

龍鷹點頭道：「孤芳自賞等若顧影自憐，不可能快樂到哪裡去。可是，你們怎會扯到這樣的話題去？而你仍可以一副樂在其中的神氣？」

符太長長吁出一口氣，徐徐道：「因為她明白我心內的痛苦。」

龍鷹說不出話來。

他自己沒痛苦嗎？「眾生皆苦」，道盡一切，我們可以做的，是苦中作樂。有些人比較成功，似可離苦得樂，可是大多數的人，仍是在苦與樂的怒海掙扎浮沉。

符太以夢囈般的語調道：「我去到她的家，大爺般坐在下層小廳的太師椅，她來到我身前，半跪著的問老子，說假如她沒找我，我是否永遠不來見她？」

龍鷹代他頭痛，道：「這句話很難答。」

龍鷹道：「你知否這句話很傷害人，若答大概不會，她可聽得舒服點。」

符太道：「我答她，絕對不會。」

符太道：「我不愛哄人。」

龍鷹道：「甚麼都好，美人兒如何反應，說給你傷透她的心嗎？」

符太道：「她嬌聲失笑，說我夠老實。哈！」

龍鷹歎道：「蛇有蛇路，看來你們確天生一對。」

符太道：「錯了！本來我像你般猜她，豈知她接著問的，令我曉得捉錯用神。」

龍鷹抓頭道：「她跟著問甚麼奶奶的？」

符太道：「她問我……她問我為何有些人，可以這麼殘忍？」

龍鷹道：「那有甚麼好笑的？」

符太做了個天才曉得的表情，道：「你要身處當場，方明白箇中真況。問這句話時，她唇角含春，一副看我著窘出糗的佻皮模樣。」

龍鷹可想像其時情況，最厲害的詞鋒，非是在論點上壓倒對手，那是永辦不到的，愈爭論，愈是各持己見，最後走向對立的極端，無益有害。高明的該是如美人兒般的問問題，讓對方砌詞答辯，手忙腳亂。像這個問題，大羅金仙恐怕仍沒法給出無可爭議的答案，答只會自曝其醜。

符太可怎樣答她？告訴她自己是善長仁翁嗎？

也聽出興味來，道：「若我是你，定乘機親她。」

符太啐道：「你這壞鬼軍師怎麼幹的？又千叮萬囑著我不碰她。」

龍鷹尷尬道：「是順口一句。說下去。」

符太沉吟片刻，道：「她所問的，是我少時一直思索的問題，給她勾出心事來。」

龍鷹記起他之前說過的，「如人飲水，冷暖自知」，開始有點明白。

他永遠不能真的明白符太，至乎任何一個人，那是不可能的。簡單的兩句，道盡一切。

符太道：「我答她，問題不在我是否狠心，而是在大地上一切生命，均以己為主體，從各自的位置接觸、反應這個世界。故不論關係多麼密切，各自仍處於孤立之境。因此，我不會輕信世上有表裡如一的人。」

龍鷹皺眉道：「這與她對你間接的責難，有何關係？」

符太哂道：「你不明白，她卻明白了，露出深思的神情，說老子所想，和她不謀而合。她說，懂事以來，一直有這個想法，就是每一個人都是一個隔離自成的天地，這個想法，令她感到戰慄。」

然後道：「輪到我問她了，既然如此，為何要找我來？」

龍鷹道：「精采！你們的對話，大有問禪的味道，思想的方法是跳躍的，略去了一籮筐廢話。告訴我，你感到和她意氣相投，還是話不投機？」

符太道：「沒閒情答你的問題，我只知當時忘卻一切，想說出在心內憋了不知多少年的話。看來，她有同樣的感受。」

龍鷹拍腿道：「這就是『酒逢知己千杯少』，你奶奶的，今次你把對脈、判對症。」

符太滿足的道：「她沒直接答我，或許在心裡答了，卻不說出來。反以詠唱的方式，唸出兩句老子從未聽過的話，很有意思的兩句話，與我一貫的想法不謀而合。」

龍鷹道：「你在刺激她的思考，她則啟發你的想像。究竟是兩句甚麼話？」

符太道：「她吟詠的聲音很動人，比得上紀夢。」

龍鷹忍不住道：「太少對聲音，特別有感覺。」

符太驚醒過來般，端詳龍鷹，點頭，道：「該是如此。我愛留心聆聽，所謂的萬籟俱寂，事實乃是無聲之聲，能淹沒一切。聲之大者，莫過轟雷，更是老子幼時愛玩的遊戲，當你看見閃電的一刻，以某種速度在心裡暗數，雷止數止，可知閃電離你有多遠。事實上，從出生開始，我們一直以心跳聲測度生命，直至死亡。習『血手』後，心跳除代表生命的持續外，更別具特殊意義。」

又緬懷的道：「我少時愛到麥田想東西，它們的瑟瑟作響，仿如呢喃細語，令人感到安全。」

見龍鷹盯著他，欲言又止，方記起說到哪裡，低吟道：「『相濡以沫，不若相忘於江湖』，他奶奶的，這兩句絕嗎？」

兩句話出自莊子《內篇》，意指困於旱地，只可以互相用唾沫予對方少許濕潤，不論如何親密，怎及得上在大江大湖裡，各自自由寫意地生活。

柔夫人於此情況下，向符太吟詠這兩句話，有明志的意圖，耐人玩味。此兩句展現的意境，深得符太之心。

他奶奶的，情投意合，該就是這樣子。矛盾的是，相忘於江湖，等於各自高飛，天南地北，相見爭如不見。

原來柔夫人對人與人的關係，持這種超然態度，難怪那趟和她共乘一舟，雙方總有隔著千山萬水的古怪感覺。

道：「你們談得投契、深入，可是，若然同意這兩句話，她不該千辛萬苦的找你來與她重聚。」

符太道：「當時老子忘了問她你這句蠢話。」

兩人對望一眼，同時放聲大笑，卻是笑中有淚，那種因之而來的傷情，源於人生奇異的處境。

「如人飲水，冷暖自知」。

乃沒法說出來的感覺。

符太歎道：「還用說嗎？她為我作出違反本性的決定，這還不算愛，甚麼算是？」

接著道：「我告訴她，自懂事以來，一直將自己封閉在本身孤立的天地裡，不論周遭有多少人，仍是孤零零的一個。人人自私自利，在各自的隔離天地裡，形成狂念歪想，成見偏執，一切以自我為中心，從不為他人著想，為求一己之私，不擇手段，無所不用其極，不會反省。直至遇上你這個傢伙，方曉得世上竟有如此無私的人物。」

龍鷹臉上一陣火辣，尷尬的道：「你的推崇讚賞，小弟特別受不了。」

符太沒理會他說甚麼，耽溺於某種奇異的情緒裡，雙目閃爍生輝，道：「生死與共的兄弟之情，令我打破了圍困著我一道又一道的屏障，以往深信不疑的定見，化為碎石殘土，進行了天翻地覆、不輟的思考和自省。可是，對女人，我的想法沒改變過。」

龍鷹道：「你這樣告訴她？」

符太道：「所以說，她明白我，你卻不明白。」

龍鷹道：「她明白了你奶奶的甚麼？」

符太道：「她明白了我為何說出情深如海的話後，不顧而去，永不掉頭。」

龍鷹點頭道：「小弟有點明白哩！唉！事實上我一直明白，只不過因始終未經歷過，沒作深思，到現在你重提此事，倏地清晰明白起來。」

符太道：「我從來不相信世上有永恆的愛，任何東西都會改變，隨光陰的流逝褪色埋藏，人生無常，體現在事物的本質上。我告訴她，遇上她，帶來了對我前所未有的強烈衝擊，與我的信念相違，有多大的快樂，就有多大的痛苦，在拒絕和迎接間徘徊。」

龍鷹道：「如此情話，在你這古怪小子口中說出來，格外感人，若由我說出，對方又是小魔女，肯定一個耳光賞過來。」

符太聽不到他說話般，道：「當我向她說出離言的一刻，我從自我封閉隔離的黑暗裡走出來，來到陽光普照的天地，感受著熱烘烘的溫暖。在那一刻，我體會到愛情的真正滋味，說出最想說的話，意念化為現實，至於她是否愛我，並不重要，然後，我退回封閉的天地裡去。」

朝龍鷹瞧來，沉重的道：「明白嗎？只有這樣，我和柔柔的愛，才可以凝定在最美麗的一刻，我擁有的，是剎那芳華，愛的精粹，伴隨我的是既痛苦亦無比動人的一段回憶，回頭去見她，乃不可饒恕的破壞。」

龍鷹道：「可是你終於回去了。」

符太苦笑道：「技術就在這裡！」

兩人交換個眼神，二度縱聲大笑，今回笑得更厲害，前仰後合，拍腿，笑得嗆出淚水，充滿荒誕的意味。

好不容易下，逐漸回復過來。

夜更深沉。

符太和柔夫人的遇合分離，類如人世裡人與人擦身而過的剎那激出的煙花，絢爛短暫，兩顆冷漠的心，在冰天雪地和絕對暗黑中，燃亮了小小的一個火熠子，得到片刻暖意和光明，然後一切重歸於失。

然而，這點點的暖意和光明，於兩人內心深處戀棧不去，等於在乾旱惡劣的環境播下種子，一個時來運至，竟發芽茁長，無從抵擋抗禦。

這樣的愛果情花，超越了任何人為的局限，正是「同是天涯淪落人，相逢何須曾相識」。

符太的聲音傳入龍鷹耳內，彷彿滔滔濁世裡的暮鼓晨鐘，述說的似是尋常的男女之戀，牽涉的卻是哀樂其中的人生，愛情非比尋常的本質，抽離於日常，凝聚著不含雜質的真摯情懷。

道：「她告訴我，每天都在害怕天明的來臨，代表著現實又回來了，相比起內在境界的奇異和美麗，現實是如此不堪。從來沒人能明白她，包括她的師尊。然後，她又告訴我，當她第一眼看到我，雖然我咄咄逼人，可是，她竟感到若有人能了解她，那個人便是我符太，故此我的行為雖然可厭可恨，她沒法生出反感。那時她尚未認識到對老子生出愛意，直至我向她道出離言，那時她的腦袋一片空白，失去了思考的能力。」

龍鷹歎道：「這就是互訴衷情。」

符太不理會他，續下去道：「她說出此番心聲時，既不特別歡喜，也沒半絲傷情，似超脫了情感的迷惘，述說著與己無關的事般。她並不要我接受她的看法，只是忠於她芳心內的感覺。當她說這番話時，在我心內惹起的情感激浪，是無法言傳的。明白嗎？她是如此地聰明智慧，善體人意。」

龍鷹百思不解的道：「一般的兩情相悅，再不足以形容你們的情況，是兩個各自孤立天地的融合，既然如此，你怎可能在天明前離開？」

符太道：「因為我說出了心願和請求。」

龍鷹一呆道：「求她嫁你？」

符太破口罵道：「幸好老子以後再不用靠你獻計，否則遲早給你弄砸。他奶奶的，怎說都沒法明白，任何臻達或接近完美的事，總含著破碎易毀的本質，是所有美好事物游移的本性，過與不及，都是對完美的損害。由此刻開始，以後不許你問及有關我和她之間的事。」

龍鷹抗議道：「這算甚麼兄弟？」

符太軟化道：「我告訴她，某一夜，我將回去，沒有明天地和她抵死纏綿，天明後，便如我們的人生，當是一場春夢。」

龍鷹愕然道：「那須多大的決斷和自制力？」

符太道：「既是有限，也是永恆。夜哩！該回家睡覺。」

第五章　虛空之法

龍鷹返花落小築，洗澡更衣，荒谷小屋的生活，似忽然回來了，蟲鳴的聲音從窗外傳入來，層次豐富，注意時，仿如被聲海淹沒；不留神時，則似萬籟俱寂，感覺奇妙，若如聽覺的海市蜃樓，隨時消失。

燃亮了床頭旁小几的油燈，龍鷹取來《實錄》置於胸口，心神卻飛往符太和柔夫人的情事去。

緣份至，根本無路可逃。

可是，他們的「一夜風流」，是否情緣的終結，恐怕惟老天爺曉得。

兩人間的互相吸引，於符太說出他的離別感言，攀上一個顛峰，然後從波激浪湧，化作細水長流，卻從沒停止過，直至奔進另一個仿如無回峽般的水道。

一切自然而然，再非人力能控制。

符太可以告訴他的，肯定是殘缺不全的部分，其中妙況，豈是言語可以囊括？

看符太描述時的音容神態，想像到他感受之深。

龍鷹為他們高興。

如斯福份情緣，早超越了敵我之防、人世間的恩怨情仇。

倏有所覺。

納《實錄》入懷，大喜坐起來，笑道：「方閻皇別來無恙？」

眼前一花，作閻皇打扮的「僧王」法明立在榻旁。欣然道：「說好不好，說壞不壞，算是過得去。我們如何並不打緊，最重要是康老怪你活得風光，長命百歲，否則將天下拱手讓予本閻皇，仍得不償失。」

說畢，就那麼坐到榻緣去。

龍鷹訝道：「閻皇老兄仍像過去能呼風喚雨的年代般，神通廣大，潛入京師而不為人所知所覺，屬老兄的小玩意；可是，竟曉得到這裡來尋本老怪榻旁談心，實出人意表，怎可能辦得到？」

以法明之能，又懂化身千萬，偷入西京，且有大慈恩寺的地下秘室作落腳之所，瞞人耳目，易似探囊。可是，要探知龍鷹的「范輕舟」居於興慶宮內，精準無誤的摸到花落小築，就非關武功高低，而是情報。

法明從容答道：「『百足之蟲，死而不僵』，何況未死？不過，本閣皇說的不是自己，而是我們的『天師』，西京乃老席的舊地盤，隨便找個徒子徒孫收聽消息，易如反掌。」

龍鷹喜上加喜，道：「天師大駕臨京，現時藏身哪座道山？」

法明道：「天師不想化身康老怪奪你風采，只好躲起來不見人。他有個方便，就是以天為被，憑地為席，無處非家，而有他在處，自成道山。」

龍鷹啞然失笑，法明陪他笑了一陣子，雙方充盈久別重逢的喜悅、聖門兄弟的情義。

龍鷹道：「小弟正想找你們，只苦於沒分身之術。」

法明道：「你怕我們不懂找你嗎？天師周遊列國回來，到洛陽找我，你道我們還有何事好幹的，當然是來瞧你的生活過得如何？有好消息嗎？」

龍鷹道：「是天大的好消息，來自端木菱，她指出一個可能性。」

法明喜出望外，頓然變得寶相莊嚴，道：「康老怪指點。」

龍鷹道：「先打兩句啞謎，看老哥的領悟力能否比小弟好些兒。」

法明一副洗耳恭聆的模樣。

天下間，惟有關「仙門」者，始可令他心動。

龍鷹道：「一月普現一切水，一切水月一月攝。」

法明一震道：「你奶奶的！此正為『至陰無極』的法訣，沒可能說得更清楚。日為陽，月為陰，水中月似實還虛，虛實相生，統攝一切。」

龍鷹歎服道：「閻皇的悟性，遠高於我毒公子，當時小弟聽在耳裡，似明非明，不過，既然是端木菱的臨別贈言，姑且說出來，讓閻皇參詳。」

法明道：「關鍵在乎虛實相生此一事實，我們練功的，不論臻至何境，始終離不開『虛實』兩字。而慈航靜齋之能練成『仙胎』的『劍心通明』，顯然大別於一般凡塵之法，似實還虛，似虛還實，練此卻成彼，難怪我和老席想破腦袋仍摸不到門竅。」

龍鷹道：「當時本老怪開門見山的問仙子，如何方可助閻皇和天師兩大外道至人，進軍『至陰無極』之境。」

法明歎道：「老怪問得太直截了當，敢肯定靜齋必有禁戒，不容傳人向我們這些邪魔外道隨便洩露天機。難怪她以這種禪機偈語的方式說出來。」

龍鷹抓頭，他真的沒朝這方面想過。

法明道：「本閻皇在聽著。」

龍鷹收攝心神，道：「她先說如有此法，燕飛當年便可傳予上一世的天師，方法顯然不存在，然後又說幸好在小弟身上，得睹曙光。」

法明拍腿道：「他奶奶的，此正是本閻皇和天師秉持的看法，老怪等於另一個燕飛，如果在你身上得不到終極功法，天下間再無覓處。」

龍鷹欣然道：「我還經歷過至陽盡消，一陰重臨之境。」

法明霍然動容，失聲道：「竟有此事！」

龍鷹遂將在毛烏素大沙漠發生的情況細說詳盡。然後道：「她說仙門之訣，乃虛空之法。虛空何所修？故任何人為的努力，均屬徒然，修為有多高，智慧如何深廣，仍不著其邊際。」

稍頓後，接下去道：「坦白說，她當時說的，縹緲難測，本老怪一直沒法想通，可是，不知如何，現在閻皇現身眼前，小弟忽然強烈地憶起在毛烏素發生在小弟身上的異事，而小弟之所以能一陰復長，帶動至陽，全賴仙子在萬水千山之外，以仙胎觸動魔種，也是本老怪的『至陽無極』，你說是實嗎？偏偏為虛；說是虛嗎？還有更實在的嗎？」

法明全身一陣抖顫，歎道：「虛空何所修？邪帝不愧邪帝。虛空之法，已是呼之欲出。如此超凡脫塵之法，不可能是可想得出來的。」

龍鷹道：「我之能有此頓悟，皆因仙子當時說過的話深種心內，你老兄的忽然出現，等若及時之雨，令埋在土壤裡的種子發芽破土。」

法明沉吟片刻，問道：「她還說過甚麼？」

龍鷹回憶著道：「她指出不論閻皇、天師如何出神入化，離至陽始終差上一線，需的是一個突破，闖過此關，在某特定的條件下，『至陰無極』可無中生有，現身於『至陽無極』之內，此為天地之理，水到自然渠成，練得『仙門訣』的基本功，其他一切易辦。」

「哈！哈！哈！」

龍鷹愕然瞧他。

法明大笑三聲後道：「女娃兒太小覷本閣皇和席天師！不過她破除門戶之見，透露『慈航靜齋』千古不傳之秘，本人非常感激，大恩不言謝。」

龍鷹狂喜道：「你們竟修成『至陽無極』？噢！」

法明隨手一掌，撮指成刀，劈胸而至，勁氣蓄而不放，內斂節制。

龍鷹知機，凝起至陰道勁，少於全力施為時的一成功力，以之和法明作「驗證」，因捨此外，再無別法。

一指點出，正中法明掌緣。

電光裂破兩人交鋒處，霹靂爆響，一片煞白。

下一刻，龍鷹回復知覺，方知落往花落小築旁院林內的草叢裡，跌個四腳朝天，整條手臂疼至瘆麻，如被千萬枚針刺戳。

勉力望往花落小築的上層，猶幸破的只是個兩尺許的洞，沒化作飛灰，皆因他曉得不妙時，以己身吸納了大部分的力量。

痛得呻吟起來。

法明出現眼前，陪他一起朝破洞看，歎道：「千真萬確！千真萬確！」

又朝躺地的他瞧下來，道：「幸好本閻皇懂得由窗口穿出去，否則就是兩邊各一破洞，而非只得一個。」

龍鷹問道：「我的榻子呢？」

法明滿足地搖頭，歎息道：「全完蛋了。有人來！太少！」

符太逾牆而入，一個起落，來到兩人旁，看看躺地的龍鷹，看看躊躇滿志、不可一世的「方閻皇」，百思難解的道：「僧王、邪帝，是否一言不合，大打出手？我該幫哪一邊？」

法明向龍鷹伸出大手。

龍鷹猶有餘悸的瞪一眼他的手，略猶豫，始探手相握，借力站起。

龍鷹一邊拂掉身上的泥碎草屑，與法明一起欣賞小築上層樓的破洞，兩人似看極不厭，神情迷醉。

龍鷹向符太道：「有驚動其他人嗎？」

符太道：「該沒有，聲音被林木所擋，沒傳遠。」

忍不住問道：「發生何事？」

法明探手搭著他肩頭，指著破洞道：「這就是練成『至陽無極』的確鑿證據，我和老席不惜千里來找邪帝，就是為了這個破洞。現在我必須立即飛報老席，告訴他練成了一半『仙門訣』。」

符太對法明前所未有的熱情受寵若驚，一副似明非明的古怪神色。

龍鷹悠然道：「難得閻皇到，誰該遭殃？」

法明欣然道：「兩大老妖現身京師，當然大有作為。」

說畢，放開渾身不自在的符太。

龍鷹見符太雙目放光，道：「機會難逢，勿捨易取難，弄至最後一無所得。」

符太皺眉道：「不殺田上淵，豈非天大浪費？」

龍鷹道：「你肯不親自下手幹掉他嗎？」

符太斷然道：「當然不行。」

龍鷹道：「既然如此，情況沒變，要殺田上淵，必須出動兩大老妖，有否僧王、天師助陣，並無分別。」

法明一聽明白，訝道：「太少與田上淵有甚麼嫌隙？」

龍鷹代答道：「是傾盡三江五河之水，仍洗不掉的深仇。」

然後向符太道：「忘掉了嗎？如何收拾田上淵，成了你的大樂趣，看著他逐分逐寸的爛掉，方為樂趣所在，操之過急，隨時弄巧反拙。」

又道：「若老田這麼易被幹掉，台勒虛雲早得手了。」

符太深吸一口氣，同意點頭，反問道：「你心中有何人選？」

今回輪到龍鷹雙目魔光大盛，道：「洞玄子如何？」

龍鷹想殺洞玄子，非今天的事，而是自花簡寧兒遇害那一天起，這個想法從沒歇息過，只因「小不忍，亂大謀」，不得不把心裡的渴望，密密收藏。

雖說沒「小可汗」台勒虛雲點頭，洞玄子不敢對花簡寧兒下毒手，可是，每當想起在那個暗淡的早晨，花簡寧兒的葬禮上，台勒虛雲淚流滿面，其備受心內痛苦煎熬的模樣，令他對台勒虛雲在這方面的仇恨，消滅大半。

與台勒虛雲的第二次決戰早晚來臨，並不急於一時。事實上，他們間的交鋒角力，沒一刻停止過。

將楊清仁捧上右羽林軍大統領後，由於曉得他武功、才智的厲害，背後又有整個大江聯為靠山，不論如何樂觀，總有「引狼入室」的危機感，使人惴惴不安。

唯一補償的方法，是予以平衡，令台勒虛雲一方得此失彼，沒打破勢力的均衡。台勒虛雲一貫作風，就是隱藏實力，直至他發動前，其敵人毫無警覺。最出色的例子，是奪取黃河幫的控制權，無聲無息地將大江聯，以黃河幫借屍還魂，移植到北方來。

尤厲害者，是對與楊清仁有嫌隙的高奇湛，防上一手，隱瞞柳宛真的身份。如龍鷹所料無誤，柳宛真該為洞玄子嫡傳，兼習「媚術」，得兩家之長。台勒虛雲的縱橫捭闔，令人歎為觀止。

除了勢力再平衡的考慮外，還有洞玄子在未來能起的作用。

對此龍鷹從沒有清晰的念頭，直至由讀《實錄》知悉韋宗集團有替換洞玄子之意，然一天武三思在，他們絕辦不到。武三思去後又如何？答案來自閔玄清，一向反對洞玄子的她，仍不得不承認洞玄子作風公正得體，不論地位、道法，均勝任道尊之職，穩如泰山，故並不同意讓明心捲入道門的權力鬥爭，以拖字訣敷衍韋后。

或許，更主要的原因，是洞玄子既成韋宗集團的眼中釘，正正代表洞玄子擁護唐統。天女的看法離事實不遠，他支持的是表面有唐室血統的假皇族楊清仁。

可想像李顯和洞玄子有一定的密切關係，因登上道尊之位前，在武三思穿針引線下，洞玄子出入宮禁，與李顯建立私人間的交情，想想洞玄子指點李顯兩手，令他在榻上大振雄風，李顯還不龍心大悅，對洞玄子死心塌地？

故而李顯得勢，洞玄子水漲船高，取明心一時權宜之位而代之，名正言順成為統一天下道門的新一代道尊。

也可以這麼認為，李顯即使不念過世的武三思之情，仍不容洞玄子被韋宗集團替換。

李顯駕崩，時機尚未至，因韋宗集團首要之務是站穩陣腳，將西京兵權收歸手內，然後對邊疆大臣、猛將逐一開刀，換上他們一方的人，當這一刻出現，韋宗集團改朝換代的時機方告成熟。這麼多事情等著抓的當兒，道尊之位，勢為最後的選項，此為事有輕重緩急之分也，亦是正途的做法。

不過，誰都曉得，道尊對民心有龐大的影響力，一如佛門。女帝以佛門壓大唐國教的道門，捧出「僧王」法明控制民心，實乃江山爭奪戰成敗的關鍵。

明乎此，韋宗集團去洞玄子之心路人皆見，循正路走不通，可走邪路。於是，一切暗殺洞玄子的條件均告成熟，問題在如何辦得到？又可不讓人知道下手者是誰？

若洞玄子忽然遭刺殺，任台勒虛雲智慧通天，在無跡可尋下，怎都不懷疑到龍鷹的「范輕舟」身上。

洞玄子若亡，對香霸是非常沉重的打擊，雖不曉得他們間有何瓜葛，如何狼狽為奸，但怎都知道不是甚麼好事。

因此，在公在私，龍鷹確沒有不殺洞玄子的理由。以前不敢妄動，是知辦不到，可是，曾是道門第一人的「天師」席遙既道駕臨京，他對道門又瞭若指掌，道門的領袖不乏他以前的心腹親信，不可能的事，將變為可能。

第六章　以奸對奸

龍鷹醒來的一刻，一時間，不知身在何處，好一會兒方記起移師到符太的安樂窩，未來幾天，怕都要借其偏廳暫住，花落小築修葺需時也。

他從地蓆坐起來，瞧著半跪著、剛喚他起來的符太。

雨聲淅瀝，傳入兩耳。

龍鷹歎道：「我的小築今趟難逃風吹雨打之劫。」

符太長身而起，道：「高小子來了，據他估計，因只可偷偷進行，至少要三天工夫始可恢復原狀。你奶奶的，榻子崩了半截，下次試招，勿在室內。」

龍鷹隨他起立，符太又道：「塌床小事，怕的是結構受影響，整幢房子塌下來，弄出人命。哈！」

龍鷹探手搭著他肩頭，歎道：「塌甚麼都好，我很高興。」

符太同意道：「我也為他們開心，天下間，少有人令老子心生敬意，他們是僅有的幾個，見他們達成大願，距目標只差一步，心裡的感動難以形容。小敏兒準備好了，她要伺候你梳洗。」

龍鷹笑道：「他們之所以能贏得太少尊敬，皆因他們如太少般，並非善男信女，乃能橫行天下、莫有人能制之的大惡人，若不是近年收起火氣，還不知有多少人因他們遭殃。」

兩人談談說說，離開偏廳，朝後堂走去。

符太傳音道：「雖說昨夜牛刀小試，你仍損耗嚴重，睡得像頭豬，沒半點警覺。」

龍鷹仍沉浸在昨夜的情緒裡，歎道：「精采！非常精采！」

兩人沿主堂和偏廳間的廊道，朝最後一進灶房澡室的方向走，坐在前廳吃著早點的高力士站起來，哈腰弓背的向龍鷹請安問好。

花落小築那邊，隱隱傳來動工的各種響聲，充滿日常生活的感覺。

龍鷹向廳內的高力士，透過槅窗揮手回應。訝道：「這小子理該忙壞了，卻竟然精神奕奕的，比以前的狀態更佳。」

符太道：「『人逢喜事精神爽』，曉得真正主子回來了，當然神氣。」

龍鷹訝道：「這麼快有結果？」

符太道：「快至高小子也感意外，李顯那邊批出，宗楚客立即執行，派專人向我們的真命天子報喜。至少他其他兄長便沒這樣的優待，據高大猜，可能因李隆基與那婆娘一直關係良好。」

又道：「最快，三、四天內可抵達京師。」

龍鷹一震止步。

符太愕然道：「不妥當嗎？」

龍鷹神情無比凝重，沉聲道：「李隆基該被看破了。」

符太搖頭不同意，道：「應沒那般嚴重，充其量止於懷疑。你這傢伙，肯定尚未啃完老子的《實錄》。」

龍鷹吁一口氣道：「幸好未讀，方不為表象所惑。事異尋常，必有所謀。以老宗為人，不會無緣無故向李旦示好，若真要這麼做，該對李旦五個兒子一視同仁。若我所料無誤，此為老宗一石數鳥之計，藉刺殺我們的真命天子，嫁禍大江聯，掀起另一輪腥風血雨，同時進一步奪取關外的兵權。事關重大下，肯定有無辜的將領須負上責任，中箭落馬。他奶奶的，此招不可謂不絕。」

又早一步截著符太道：「小弟今天就坐在這裡，不讀完絕不起身。」

符太道：「哪還有和你計較的心情。若有田上淵出手，又是在大河內，十八鐵衛未必架得住敵人。」

龍鷹失掉了梳洗的心情，道：「先找高大問清楚情況。」

高力士聽罷，臉色微變，竟沒陷入大恐慌，冷靜的道：「幸好得兩位爺兒經常提點，曉得『小心駛得萬年船』的道理，小子和臨淄王一直保持緊密聯繫，今次見情況異乎尋常，便秘密以飛鴿傳書知會臨淄王，請他在未得兩位爺兒確定前，勿倉卒返京。」

龍鷹和符太交換眼神，看出對方的驚異，高力士如有先見之明的謹慎，大出他們料外，登時感到壞事或可變為好事。難得高力士仍有不忘捧拍的閒情。

符太道：「田上淵定親自下場，以免遭逢另一次的興慶宮之失。」

又歎道：「如此良機，百載難遇。」

龍鷹斬釘截鐵的道：「我和你，絕不可出手。」

小敏兒來了，奉上堆得像座小山般、香氣四溢的一盤饅頭，有高大派來的小太監做幫手，首席美宮娥如虎添翼。

待她去後，高力士大惑不解的道：「兩位爺兒不出手，如何架得住田上淵？」

符太見龍鷹神態悠閒的動口吃早點，向高力士道：「看這傢伙多麼優哉游哉，便知胸有成竹，又想出奸計來。」

高力士歎道：「兩位爺兒神人也，小子真的一點想不到若兩位爺兒不出手，如何能令臨淄王避此大禍。現時入關中的水道，盡入田上淵的魔爪裡。」

符太欣然道：「技術就在這裡！」轉向龍鷹道：「對嗎？」

龍鷹道：「我們就以一石多鳥對一石多鳥，我們不但不能出手，還要讓整個京師的人曉得與我們這雙老妖無關，也等於向台勒虛雲證實老子沒說謊，兩大老妖確另有其人。」

符太向滿臉狐疑的高力士解釋道：「『僧王』法明和『天師』席遙聯袂來京，那個破洞便是法明和大混蛋試招試出來的。」

高力士喜出望外。

「僭王」法明、「天師」席遙，於「神龍政變」站在女帝、龍鷹一方的事，天下皆知。若有兩個老妖，比得上龍鷹和符太這雙老妖，便該是他們。

龍鷹道：「主動實操在我們手上，運用得宜，可令老田『偷雞不著蝕把米』、『賠了夫人又折兵』，鬧個灰頭土臉，既給老宗、老田每人刮一巴掌，又不虞洩出臨淄王近衛隊之秘。」

轉向符太涎著臉問道：「是否早洩露了？」

符太環抱雙手，欣然道：「技術就在這裡，給老子老老實實的去用功，你奶奶的！」

龍鷹對他以牙還牙的賣關子，無可奈何。轉向高力士道：「著臨淄王從陸路回來，因可順道欣賞關中風光，定好起程的時間、路線，飛報我們，我們自會做出妥善安排。」

高力士興奮答應。

龍鷹問高力士，道：「依高大觀察，娘娘對此事是否知情？」

高力士道：「現時太子兵變那個晚上發生過的事成為禁忌，沒人敢公開談論。娘娘關心的，是武三思的遇害，曾私下問過小子，小子當然表示一無所知。至於興慶宮遇襲，由於在沒重大傷亡下，賊子知難而退，並未惹起注意，娘娘更漠不關心。」

符太一臉得色，輕描淡寫的道：「沒重大傷亡，指的是我們一方，老子便親手幹掉對方十多人，不知多麼痛快。嘿！勿要問！」

龍鷹起立道：「想不用功也不成。就這麼辦，高大負責臨淄王的一邊，太少通知我們的兩大老妖，他們自會想出比我們能想出來的，奸上百倍、千倍之計。」

不論拔河、球賽，對符太而言，乏善可陳，不感興趣。可是，皇帝、皇后、公主、一眾朝臣及其眷屬，人人看得如癡如醉，比下場比賽者更著緊。更有些人，在拔河比賽時，早喊破了喉嚨，於接踵而來的馬球賽，聲音嘶啞，難為球賽裡所支持的一方吶喊打氣。

兩場賽事在橫貫廣場舉行，有地位的王公大臣、皇族，得登承天門樓，與李顯、韋后居高臨下觀賽。在承天門樓另一邊，橫貫廣場南面邊緣位置，搭起觀戰臺，層層高起，設置約三千個坐席，照顧周到。

安樂和李重俊均親自下場，令對壘比拚的意味極濃，如一場不見硝煙的激戰，雙方各以最強陣容，決勝爭雄。

馬球賽的場地，以紅色粉末劃界為場，東、西兩端置球門，長千五步，寬千步，有足夠空間供兩方馳騁周旋。

雙方均以最強陣容迎戰。安樂一方除武延秀、韋捷外，尚有翟無念和京涼兩人助陣，組成規定的五人隊。

翟無念和京涼本身為關中區數一數二的馬球高手，又分為長安幫和關中劍派的領袖，他們出現在安樂的一方，顯示歸邊於韋宗集團。

關中劍派不用說，乃當今第一大劍派，與唐室關係密切，不論皇族或高門子弟，均以拜於其門下習藝為榮，宮內諸軍，更不乏出身自關中劍派的弟子，京涼支持安樂，正代表劍派主要人物的意向。

長安幫並非幫會組織，而是對新崛起的高門勢力的統稱，等於一個人的綽號，但包括的是整個新勢力，有別於歷史悠久、傳統的著名高門如獨孤氏或宇文氏。翟無念就是此一勢力的領軍人物。

長安幫和關中劍派聯合起來，足以和獨孤氏、宇文氏抗衡。

李重俊一方除他之外，下場的有「成王」李千里之子「天水王」李禧、宰相魏元忠之子魏昇，然後是符太在國宴當夜有一面之緣的獨孤禕之和沙吒忠義。

獨孤禕之的姓氏特別惹起符太注意，因獨孤並非常見的姓氏，不知是否與獨孤世家有關係。

獨孤倩然曾明言不讓獨孤子弟出仕，故此獨孤禕之即使與獨孤家有血緣關係，亦該屬遠房親族的後人。

不過獨孤禕之和沙吒忠義都是馬技高明、武功強橫，乃李重俊馬球隊的猛將。

比賽開始前，兩方人馬各自在一邊操練熱身，好掌握和熟習場地，蹄聲脆亮，揮動鞠杖發出的破空之聲，大有「山雨欲來風滿樓」的緊張情況。

這邊的承天門樓固是擠滿王公貴胄、大小朝臣，另一邊的看臺也人山人海，座位當然沒有虛席，佔不到座位者，滿佈看臺前方和兩側，約略估計觀賽者有逾萬之眾，盛況空前，氣氛熾熱，非常熱鬧。

大拔河開始前，符太運足目力，搜遍全場的去尋人，找的是「老朋友」參師禪。奪石那晚，尤西勒和參師禪現身田上淵賊巢，後來尤西勒被大混蛋在秦淮樓活生生打死，參師禪卻不知影蹤。依道理，尤西勒既被安排投靠韋捷，比尤西勒更高明的參師禪，當然不會投閒置散，而給分配更重要的任務。

參師禪的武功，乃田上淵的級數，以大混蛋之能，再加符太，仍沒法取其命，可知如何厲害，足當田上淵旗下頭號猛將，其最擅長亦最為人驚懼的，是以飛輪絕技，於千軍萬馬裡，奪對方主帥首級。

現時宗楚客和田上淵的頭號目標，無可置疑為李重俊，大混蛋因而認定參師禪該被安置到李重俊的陣營當臥底，伺機而動。

在情在理，參師禪若加入了李重俊的陣營，即使不出現在比賽隊伍裡，也該來看主子和同僚的馬球賽，偏是符太尋不著參師禪的蹤影，想為李重俊盡點力也辦不到。

張仁愿和符太給安排坐到最接近李顯的位子，以彰顯他們河曲大捷功臣的榮耀，甫入座，比他更靠近李顯，位於龍座左後側的張仁愿，挨過來道：「我明早起程返朔方，大人不用送哩！」

符太笑道：「鄙人從未想過送行。」

張仁愿啞然失笑，歎息道：「你這傢伙，不知你性格者，會給你激至吐血。」

符太問道：「事情就那麼了結？」

張仁愿知他所指何事，道：「武三思不肯放手，亦可能察覺紀處訥出問題，據聞他找過長公主說話，希望策動聯署，以田上淵畏罪潛逃為口實，將田上淵打成反賊，這對太子一方利害攸關，很大機會可以成事。」

武三思和太平一直關係良好，可以說話，如提議益及兩方，達成的機會頗大。

符太道：「有用嗎？」

張仁愿頹然道：「有屁用！」

此時坐在張仁愿另一邊的相王李旦找張仁愿說話，中斷兩人的交頭接耳。

李顯和韋后正來此途上，尚未登樓，氣氛輕鬆。

符太右邊兩個位子是空著的，正嘀咕不知誰會坐到身旁來，長公主和河間王雙雙登樓，坐入旁邊兩個空席。不由記起太平因要試自己是否大混蛋扮的，獻上熱吻，感覺古怪。

太平若乃母般，天生駐顏有術，年過四十，仍嬌豔如三十開頭的女子。不過，符太總感到她和洛陽時的她不同了，或許是因她的眼神，多了以前沒有的某些東西，雖然難以形容，但絕非好東西，冷冷的，顯現出心境的變化。

楊清仁瀟灑依舊，舉手投足，處處風采，自然而然令人折服，像他般魅力十足的一個人，憑其皇族身份，一旦被他掌權，直至此刻仍未有任何作為的李隆基，也難與他爭鋒，其他皇室諸子更不用提。

例行的請安問好後，太平靠過來道：「太醫大人怎肯答應都鳳之請，為她的樂琴軒落成之喜，細訴河曲之捷的精采過程？」

符太暗歎一口氣，算否「好事不出門，醜事傳千里」，自己恰為名副其實的醜醫。他奶奶的，太平另一邊的楊清仁正是散播消息的禍首，披掛上陣，到秦淮樓宣揚其事，肯定居心不良，只恨他半丁點兒也猜不到對方的目的。

苦笑答道：「鄙人是被逼的。」

太平「噗哧」嬌笑，橫他一眼，道：「誰人有此本領，竟可逼大人就範？」

此時下面廣場處聚集數以百計綺年玉貌的俏宮娥，均經精心挑選。一般而言，可入宮伺候皇帝、后妃者，外貌端莊乃首要條件，再從過萬這樣的宮娥挑出特別漂亮的來，當然大有看頭。氣力大小沒人理會，最重要是秀色可餐，更沒人計較誰輸誰贏，包括她們自己在內。宮娥分作兩邊，一律紅衣，卻在腰間纏上黃色或綠色的錦帶，六百多個美麗的宮娥，燕語鶯聲，看得人眼花撩亂，目不暇接。

符太正要說話，張仁愿在另一邊暗扯他衣袖。

符太向太平匆匆答道：「長公主沒聽過『陰溝裡翻船』嗎？鄙人今次是栽到了家，萬望長公主可出手打救。」

接著往張仁愿挨近，迎接他送入耳鼓的密話。

這麼近的距離，以楊清仁之能，傳音入密恐難有保密之效。

張仁愿並沒刻意約束聲音，道：「我是代相王問的。」

符太大訝，李旦雖隔著個張仁愿，大家又非沒說過話，何不直接問自己？

第七章　在劫之戰

小敏兒進入偏廳，提著另一壺滾燙的茶，看著她，人間化為仙境，賞心悅目之至。

閱讀《實錄》，最不用隱瞞者，符太外輪到她。

瞧著她為自己添茶，龍鷹和她閒聊兩句，問道：「宮城祝捷，小敏兒有到宮內趁熱鬧，看拔河和球賽嗎？」

小敏兒搖頭，道：「沒有呵！」

龍鷹訝道：「為何不去？」

小敏兒斟滿一杯後，放下茶壺，移後少許答道：「敏兒不想去。皇上、娘娘和公主們的玩意，敏兒自懂事以來天天得看，再去看，會令自己想起不開心的事。」

龍鷹後悔勾起這個話題，岔開道：「宮廷有很多玩意嗎？」

小敏兒如數家珍的道：「舞蹈、唱曲、百戲、詩文、書畫、棋藝、角抵、投壺、拔河、鞦韆、風箏、鬥雞、鬥蟋蟀、狩獵等等，多不勝數！」

龍鷹聽得目定口呆，心忖皇室貴族，有的是時間和條件，享受多姿多采的生活，確非自己這個老百姓可以想像。

小敏兒知他正在用功，知機告退。

符太感到太平和楊清仁的注意力全集中到他和張仁愿的對話，該也想曉得相王李旦想問何事。

張仁愿道：「相王垂詢，大人明晚是否真的赴樂琴軒的雅集？屆時又是否真的詳述河曲大戰的精采過程，揭露能贏得大勝的秘聞、秘辛？」

難怪李旦須透過張仁愿來問他，張仁愿的轉述含有兩個「是否真的」，顯示出李旦的懷疑，言外之意是符太怎可能忽然變得這般的好相與？怕聽到的為謠傳，故不好意思親自問他，說到底亦是怕符太沒甚麼好說話，大家始終不算相熟。

符太迎上相王投來的目光，苦笑道：「鄙人給架上了轎子，今趟在劫難逃，相王明鑒。」

相王聽得雙目放光，莞爾道謝。

太平嬌軀探前，向相王李旦道：「王兄破例參加雅集，都鳳肯定非常高興，大有面子呢！」

張仁愿又別過頭去，和李旦繼續密斟。

符太坐直時，楊清仁讚歎道：「太醫大人的魅力非同凡響，現在都鳳的問題是，她的樂琴軒能否容納那麼多人？聞風拉衫尾而來的，肯定非小數目。」

太平笑道：「難怪大人說在劫難逃，要人人聽得清楚，大人最好先給自己開兩服能補中益氣的神藥。」

符太待要答她，樓下鼓樂聲喧天而起。

皇帝、皇后駕到。

乘拔河賽進行，天下大亂之際，符太逃離賜座，找到在附近的高力士，兩人避往憑樓觀禮的人群後方。

符太苦笑道：「我們以和為貴的小計，恐怕行不通，有樣子給你看哩！皇上那副模樣，非常駭人。」

原定計劃，是如馬球賽任何一方落後，李顯令楊清仁下場，挫強扶弱，當籌數扯平，李顯便在球賽分出勝負前中止比賽，祭出無可爭議、冠冕堂皇的理由，就是效法當年的高祖李淵，與波斯人和氣收場。

此計完美無瑕，唯一問題，是須依賴李顯，而此時的符太，終發現李顯極可能是普天之下，最不可依靠、倚賴的人。

高力士歎道：「經爺明鑒，此計乃姑且一試，為太子盡點人事。皇上一向如此，懂放不懂收，玩起來天昏地暗，甚麼正事都給拋到九霄雲外，安樂最懂掌握，趁皇上玩得日月無光之時，來纏皇上，皇上為了可繼續吃喝玩樂，看都不看就批出安樂拿去鬻官的敕令。」

符太記起當日藉李顯施拖延之計，韋后派出妲瑪去提醒李顯，當時因李顯這個弱點，對大混蛋和他有利，不以為意。現時情況倒轉過來，需要的是另一個妲瑪，好提醒名副其實的昏君依計行事，只恨有韋后在旁，又不可出動高小子，誰都沒辦法。

拔河比賽開始，李顯變得如癡如狂，叫得比任何人厲害，喪失理智。

符太點頭道：「最後受害的，還不是他，老子不管了。」

龍鷹掩卷嗟歎。

比諸兵變前，李顯現在雖仍不濟事，可算有天淵之別，至少能獨力抗衡惡后、權相，貫徹以楊清仁取代韋捷之計，可惜為時已晚，李顯犯了湯公公的「四不」之一，失去了李重俊作為緩衝和屏障此一關鍵性策略。

輸了此著後，韋宗集團改弦易轍，打出安樂大婚的絕牌，動李顯以情，紓緩了與李顯的關係，同時分化以龍鷹、符太和宇文朔這個圍繞在李顯的小圈子。

對符太的「醜神醫」，韋、宗不存幻想，誓要將他拖下泥淖，要他為李顯之死負最大責任，或許因著「龍鷹」的關係，不敢殺他，不過，能把醜神醫逐離西京，已達目的。

宇文破雖或罪不至死，然欲加之罪，何患無詞，他身為貼身保護李顯的大將，皇帝忽然駕崩，撤職換人，誰敢挺身為他說話。

宇文朔獲罪的可能性微乎其微，可是如龍鷹的「范輕舟」亦被設局害死，他孤掌難鳴，可以有何作為？便任他投閒置散，到局勢穩定，慢慢收拾他不遲。政治鬥爭從來是這個樣子，心軟者萬勿涉足，如女帝當年，將反對者趕盡殺絕，不理會是否親生子女。

韋宗集團此計，不可謂不毒。

很難想像安樂蓄意害死自己，不過若然如此，實毫不稀奇，在祝捷國宴觀煙花的承天門樓上，安樂出言維護田上淵，茫不理會田上淵為「賣國賊」，可知她為求登皇太女之位，甚麼國家、民族、百姓全不在考慮之列，謀的乃一己私利。

以毒計論，龍鷹自問鬥不過韋宗集團，被宗楚客在與田上淵的關係上，騙個貼伏，便為明證，幸好得台勒虛雲指點，否則走進窮途末路，仍弄不清楚為何忽陷絕境。過往的成功，不能代表甚麼，可一鋪盡賠出去。

亦因此特別感受到台勒虛雲的龐大威脅性，不得不作出除掉洞玄子的選擇，以免將來悔之已晚。

此為兩難的選擇，幹掉洞玄子，等於把明慧、明心兩師姊妹拖下水裡，大違他向閔天女說過勿讓她們涉足西京政治泥淖的本意。可是，兩害取其輕，不得不作出這樣的選擇。

符太寫到與高力士的對話後便打住，甚至不提球賽勝負，因不忍重述也，李顯不但糊塗，更是懦弱，要他於惡妻在旁的情況下自作主張，無異緣木求魚。所以，他應承了也沒用，因缺乏執行的決斷和意志。

事實上，符太不時通過《實錄》提醒自己李顯性格上的大缺陷，正因他明白龍鷹是怎麼樣的一個人，怕他感情用事。

符太固然沒這方面的問題，但自己和宇文朔卻對李顯存不忍之心，因而在一些決定上猶豫，倒是高力士不會感情用事，認定目標後，從來沒為此煩困過。

符太筆鋒一轉，回到興慶宮，與李隆基趁其他人全聚在宮內欣賞歌舞之際，做第二次秘密會晤。

李隆基道：「王父剛和長公主吵了一場，非常激烈。」

符太奇道：「他們不是在宮內欣賞歌舞嗎？怎可能吵得起來？」

李隆基道：「太子以兩籌落敗後，王父在宮內再耽不下去，憤然離開，返回芙蓉園的相王府，我們五兄弟也不得不隨他離開。」

符太心內暗歎，果如所料，李顯若非忘掉了「以和為貴」之策，就是不敢提出來。他奶奶的，江山是你的，與老子有何相干，將來有何後果，你自己承擔。

李隆基沮喪的道：「王父太過喜怒形於色，收藏不住，給韋、宗看在眼裡，還不曉得你在想甚麼嗎？」

符太道：「沒這般嚴重吧！」

李隆基道：「比我們想的更嚴重，現在我在王父前沒半丁點地位，勸他是招罵。」

符太道：「既回到相王府去，更不可能和太平吵架，太平竟追到相王府去？」

李隆基道：「正是如此。長公主見王父不顧而去，忍不住追到相王府來勸他，當時我尚未離開，雖聽不到他們為何吵起來，不過肯定涉及太子的未來，否則王父不會動氣，對長公主他從來是寵之不夠，和顏悅色。」

符太腦袋一片空白，這種事，連李隆基也沒法子，他怎麼管？

李隆基分析道：「王父的性格為人，一向溫文爾雅，以前更少有發脾氣，然而自河曲大捷的喜訊傳回來後，情緒變得不穩定，喜怒無常。以前他從來不罵我，現在卻是三天一小罵，十天一大罵。故此沒甚麼事，我絕不去見他。」

符太懷疑道：「沒那麼誇張吧！」

李隆基苦笑道：「我已是盡量說得輕鬆。也因而比任何人更有資格猜到王父和長公主起爭執的原因。」

符太歎道：「我的娘！」

李隆基歎道：「你也猜到了，王父像惱我般，惱長公主不肯義無反顧地站在他的一邊，與太子一起反擊娘娘和宗賊。」

符太忽然想起田上淵的「畏罪潛逃」，失聲道：「糟糕！」

給駭了一跳的李隆基色變道：「何事？」

李隆基顯然處於異常狀態，提心吊膽，否則以他一貫的冷靜從容，不應這麼易受驚。

符太道：「如老子所料無誤，不久後以皇太女代皇太子的謠言將不脛而走，傳得滿城皆知。」

他的說法沒有新意，早在李隆基計算之內，默然不語。

符太道：「這將是推動李重俊那蠢兒的關鍵一著，從田上淵假作離開西京那天開始，陷阱逐步形成，馬球賽完成了佈局，是『引君入彀』之計。今趟對方的打擊目標，絕不止於以李重俊、李多祚、李千里為首的一方人馬，而是旁及你老爹、太平，至乎武三思的武氏子弟，徹底清除所有反對的力量，你和我亦難倖免，這叫池魚之殃，若對方達成所有目標，李顯身邊除宇文破外，再沒半個敢對他效忠的人。當然，老宗也不放過楊清仁。」

李隆基不同意道：「韋后與武三思始終關係密切深厚，不會容人傷害他。」

符太道：「此正為老田藉故離京的原因，事實上他壓根兒不用離開，離開的話，是因要進行連那毒婆娘亦要瞞著的勾當，趁蠢兒起兵作亂之際，趁火打劫，一舉清除所有反對的力量。」

李隆基用神思索，面容忽明忽黯，最後頹然道：「大人言之成理，唉！知道又如何？我們絕無改變之力，我可以說的話，不知說了多少遍，王父不但聽不入耳，還固執地認為隆基膽怯，貪生怕死，令隆基的處境，有那麼不堪，便那麼的不堪。」

符太問道：「你有提醒相王，眼前擺明是個陷阱嗎？」

李隆基道：「每次都給罵回來，且罵得很凶，還敢說嗎？」

符太同情的道：「臨淄王受了很大的委屈。」

李隆基道：「沒關係，只恨王父、王兄一步一步踩入敵人的陷阱去而不自覺，隆基又無力改變，很不服氣。」

符太道：「臨淄王是否有個想法，是若龍鷹那傢伙在，肯定有回天之術呢？」

李隆基坦然道：「多少會這麼想。當年『神龍政變』，連武氏子弟都倒向皇上的一方，東宮高手如雲，謀士如雨，謀定後動，準備十足，可是呵！在鷹爺的『翻手為雲，覆手為雨』下，任對方如何人強馬壯，仍被鷹爺牽著鼻子走。比起上來，今趟的宗楚客、田上淵，算哪碼子一回事。」

符太欣然道：「老兄你留心聽著，這就叫天命，原因是你乃老天爺挑的真命天子，遂故意安排大混蛋沒法參與其事，影響了老天爺巧妙的安排。」

李隆基苦笑道：「希望是這樣子吧！」

符太道：「所以我有言在先，教你留神，可你並沒用心聆聽我的話，不過，老子不怪你，因為人之常情，眼前情況、形勢千真萬確，力道有如壓頂的千仞大山，又或令你沒頂的汪洋怒海，不放過片刻。虛無縹緲、不切合現實的天命，沒半寸容身之地。但不由你不信的，正正是在這疑無逃路的絕境裡，老天爺安排了我符太來和你一起逃出生天。他奶奶的，若老子任你讓人宰掉，以後符太之名，任人倒轉來叫。」

李隆基道：「唯一之法，就是藉故離京，可是王父、王兄等肯定遭劫。」

符太思索道：「你清楚那蠢兒的計劃嗎？」

李隆基道：「王父不讓我曉得。」

符太道：「長公主呢？」

李隆基沒猶豫的道：「肯定知得比我多，否則今天不會追著到相王府去，與王父發生爭執。」

符太沉吟道：「怎都要保著你王父，蠢兒若去，下一個是蠢君，如你王父仍在，將成最具聲望的繼承人，又或韋宗集團的反對者，非是不為京官認識的李重福或李重茂。故此，今趟宗、田的趁火殺人，相王乃最重要的目標。」

又道：「他完蛋，等於你老哥同時完蛋，因你現時的聲名，不比重福、重茂好多少。」

李隆基道：「幹掉王父後，對方豈肯放過我們五兄弟？」

符太道：「技術就在這裡！」

李隆基燃起希望，道：「在哪裡？」

符太道：「首要之務，是先一步掌握蠢兒何時發動？」

李隆基頭痛道：「我已變成相王府的外人，個個守口如瓶，小事不透露半句，何況如此關鍵性的消息？」

符太道：「從長公主處入手又如何？她的命運與你王父掛鉤，不到她不著緊。」

李隆基道：「她也看不起我。」

符太道：「當然不該由你向她說，會令楊清仁對你生出警覺，此事包在老子身上，定給你辦得妥貼。」

李隆基同意道：「不論大人說甚麼，長公主不以為怪。」

符太道：「她信任我！」

說此話時，記起她的熱吻。

第八章　發動時刻

金花落。清晨。

想起今晚須到樂琴軒說書，符太食不知味。

高力士來了，神色凝重，道：「形勢不妙，太子現時給逼入窮巷。馬球賽的輸贏，本來閒事而已，勝敗常事也，然而，卻給居心不良者大肆宣揚，鬧得若如李重俊不及安樂似的，無事興波。」

符太道：「這類事該非首次發生，只有那蠢兒方中計。坦白說，對李重俊我早心死，卻不得不備有反制之策，否則不但蠢兒一方全軍覆沒，我們也要四散逃亡，京師再無能抗衡韋宗集團的力量，李顯那昏君則成俎上任由宰割的肥肉。」

高力士沉聲道：「經爺英明，絕不可讓這般的情況出現，太子完蛋，首當其衝的將是皇族人員，相王、長公主絕難免禍，接著就是宇文閥，那時我們如何向鷹爺交代？」

符太大動腦筋，道：「依你評估，蠢兒還可以忍多久？」

高力士道：「十天已非常了不起，據我的秘密消息，李多祚正為太子密密串連把守各大城關的軍頭，一俟條件成熟，立即發動。」

符太訝道：「此等事絕不可見光，怎可能讓你察覺？」

高力士道：「首先，我們可從羽林軍短期的輪更調動看出端倪，這是在大統領的權力範圍內，不用上報，此類煩瑣的安排，向由副統領負責，大統領審批。覷小見大，掌握得好，可從右羽林軍的變化，窺見太子一方整個大局的部署，因李千里必須配合。」

符太喜道：「能否把握蠢兒何時發動？」

高力士道：「這類事不可能拖，拖則恐人心思變，故此，我估計發動的時機，不出十天之數。如果再用點工夫，可更準確點，誤差不過三天。」

符太沉吟道：「我須立即找宇文破說話。」

高力士道：「宇文大統領正想找經爺。」

符太暗歎一口氣，大混蛋不在，責任落在自己肩頭上，真不知走的是何運道，給擺到這個位置來。

問道：「依你猜估，李多祚已否滲透由宗楚客的人控制的左羽林軍？」

高力士道：「憑李多祚在各系禁衛軍的威望聲譽，左羽林軍雖由左羽林副統領劉景仁控制，但旗下將領不乏與李多祚關係密切的人，兼之沒多少人歡喜娘娘和她的外戚，起事時投向太子一方，毫不稀奇。」

符太訝道：「這麼說，蠢兒豈非大有成功之望？」

高力士點頭道：「看牌面，城衛的控制權盡入『成王』李千里之手，再串通重要門關，可立即揮兵攻打大明宮，就看宇文破的飛騎御衛是否守得住。」

符太道：「若我是蠢兒，不惜一切也要收買宇文破。」

高力士道：「如此勢正中宗楚客下懷，可一併將宇文破拔掉。」

符太不解道：「你不認為宗楚客在玩火嗎？一個撐不住，將引火焚身。」

高力士道：「問題在若宇文破不投誠太子，太子可以等嗎？時間愈久，對太子一方愈不利，李多祚會被調走，李千里的城衛兵權將被分薄，如此形勢，正由宗楚客一手造成，是要逼太子一方，在條件未成熟下倉卒行事。」

符太道：「武三思察覺危機嗎？」

高力士道：「他或許嗅到氣味，故此加緊在田上淵賣國一事上做文章，然遠水難救近火。武三思最大的弱點，是武氏子弟沒一個像樣的，吃喝玩樂樣樣皆精，對實務一竅不通。像武攸宜，吃重的全交給陸石夫去處理，陸石夫給調往揚州，換了個身份地位不在他之下的李千里，即被架空。另一個較懂軍務的武懿宗，則因病去世。剩下來還算活躍的，就只有安樂的駙馬武崇訓和奸夫武延秀，他們是何料子，大家清楚。」

符太歎道：「他奶奶的！老宗果然厲害，成局成形，而我們仍測不破他有何手段。蠢兒和他的人，早一隻腳踩進鬼門關內去。」

高力士壓低聲音道：「幸好小子得經爺多年提點訓誨，比以前長進了些許。嘿！眼前形勢，不是一直在鷹爺算計中嗎？只看在何時發生。現時宮內、宮外，沒一個是與娘娘結為同盟的宗楚客的對手，我們亦犯不著蹚這濁水，最重要是保著臨淄王，其他一切，均屬閒事。有了目標後，我們可清楚該怎樣幹。」

符太沒好氣道：「勿提甚麼得老子指點，你這小子其實比老宗更奸，快說出你的奸計。」

高力士歎服道：「經爺一語道盡箇中關鍵，我們不但須像老宗、老田般狠辣無情，還要比他們更毒、更奸。」

符太罵道：「還在說廢話？」

高力士不迭點頭受教，道：「經爺可否容小子向你請教一個問題？」

符太點頭同意，事實上被高力士惹起好奇心，論宮廷政治，自己和大混蛋加起來，及不上半個高小子。

他就是新一代的「胖公公」。

高力士恭謹的道：「娘娘是否曉得此事？」

符太沉吟片刻，搖頭道：「若我是老宗，一定瞞她。」

高力士心悅誠服的道：「經爺英明。基於兩個原因，隱瞞是必須的，一是宗楚客不可讓娘娘曉得他如斯奸狡；二是可大顯其臨急應變之能，忠心護主之情。若一切由他一手策劃，便是陷太子於不義。」

符太道：「曉得娘娘是否知情，有屁用？」

高力士道：「即使掌握到太子一方，在哪三天內發動，與知其將在十天內發動，分別不大。太子當然不會告訴我們，亦不告訴任何人，包括心腹親信，只限於有份直接參與行動的幾個領袖大將，例如李多祚、李千里或魏元忠，連相王也須瞞著。李多祚乃身經百戰的統帥，整個行動當然由他一手策劃，下面的人則枕戈待旦，等待號令，此為軍機要密，請經爺明察。」

符太自問沒想得那麼仔細，雖仍不明白與韋后的不知情有何關係，但確茅塞頓開，以前沒想過的，紛至沓來。道：「若然如此，豈非連老宗這個佈局者，仍不曉得李多祚何時發動？」

宮廷政變，非是沙場上兩軍對壘，乃變生肘腋，成敗可決定於一時三刻之內，故時機最具關鍵性。高力士的意思，是指在發動的時機上，太子一方須絕對保密，愈少人曉得愈好，洩露開去，與找死無異。

高力士道：「若然如此，老宗便非老宗。」

符太道：「難道老宗可主導太子的政變，令其於何時發動？」

高力士道：「經爺看得很準，正是如此。情況一如當日鷹爺誘田上淵行刺少尹陸石夫大人，這般的一個類近的情況，將在後天晚上出現。」

符太大喜道：「是怎樣的情況？」

高力士道：「後天是韋溫的四十八歲壽辰，宗楚客安排了在禁苑內為他賀壽，早上出獵，晚上擺壽宴，所有韋氏族人均出席，還有屬宗楚客一方的大臣如楊再思、李嶠等重要的掌權人物，更關鍵的，是劉景仁亦須賞臉參與。」

符太瞧他一眼，似有所思。

高力士道：「經爺明鑒，小子一直遵從你老人家的教誨，認定目標後，永不改變，其他事，不放心上。」

符太歎道：「別的不見你學得那麼足，論狠辣無情，比得上以前的我。你奶奶的，都是給大混蛋那傢伙害我，令我的心變軟，現在竟有點兒見死不救的感覺。」

高力士道：「無情是政治鬥爭的基本功，這方面小子一直以經爺為榜樣。」

符太道：「我是有感而發，不用認真。表面看，老宗等若將京城的權力抽空，敞開所有門關，任蠢兒長驅直進，踩入他精心部署的陷阱。他奶奶的！時機最為關鍵，我須立即入宮找宇文破，因即使能保著李隆基，保不住宇文破，一切努力均屬徒然。」

龍鷹終對政變那晚發生的事有個大概，確凶險至極。

宗楚客高明處，是在設計時，早將韋溫的壽辰計算在內，以之作泊船的錨，一切環繞之籌謀運策，不住因應形勢做出調整、改變，最終達至心所欲的理想效果。

此著可令韋族的人全體避過大劫，否則如在城內各自的華宅裡，不給叛變的兵士宰掉才怪。

當李千里率城衛衝入禁宮，配合李多祚和李重俊，三軍會師殺往大明宮的一刻，潛伏在城內的田上淵和他高手如雲的北幫軍，乘虛而起，奪得宮外西京城的控制權，然後兵分三路，攻打大相府、長公主府和興慶宮，如若功成，等若將京師置於絕對的控制下，再藉肅清叛兵餘黨，誅除異己，李顯恐怕連多少人遇害仍懵然不知，休說干涉韋宗集團的胡作非為，可是卻功虧一簣，未竟全功，關鍵處是宇文破能夷然無損，不但頂著叛兵的狂攻，還立下大功。

以宗楚客算無遺策的作風，定有針對宇文破的毒計，可借勢除之，將宮禁最精銳的飛騎御衛接收過去。

所以，一旦掌握李重俊發動的時刻，符小子須立即入宮找宇文破說話。

從這個方向看，高力士居功至鉅。

在如此形勢下，如果符太私下警告李重俊，肯定可將兵變壓下去，或改變發動的時間，故而符太比對起高力士的不講人情，自問差他一截，因大有見死不救的味兒。高力士厲害處，是先一步提醒符太勿動感情。

正因有著相似的經驗，現在符太和高力士，均對即將降臨李顯身上的厄運可無動於衷，龍鷹和宇文朔，則有不忍之心。只要趕走九卜女，可大幅延長李顯龍命，偏是為顧全大局，他們不可以這麼辦。

政治鬥爭的本質，正是不講人情。

日落前一個時辰，符太趕返興慶宮，通過小敏兒和商豫的聯繫，與李隆基在金花落一天內第二次碰頭。

聽畢最新的形勢，李隆基不但一掃先前憂慮，出奇地冷靜沉著，雙目還閃爍著符太未曾在他處發現過的神采，不住點頭。

這一刻的李隆基，似告別了以前的那個人，提升往另一位置和階段。

符太是明白的，如李隆基般的心懷遠志者，最害怕是陷身迷障裡，前路茫茫，不知是否闖進絕境，一旦撥開障眼迷霧，便有用力之處，奮起應對。

符太坦然道：「和龍鷹那混蛋一起時，大方向全由他把握，老子間中出主意，行得通否，交混蛋決定，不知多麼逍遙寫意。現在則所有事情落在老子身上，揹得我像頭駱駝，叫苦連天。」

李隆基莞爾道：「混蛋？天下間怕只太少這般稱呼鷹爺。」

符太道：「對政治，臨淄王比我強勝百倍，今趟擺明是宮廷鬥爭，我們則時日無多，得他奶奶的兩晝兩夜，刻不容緩。」

李隆基表示明白，道：「高大確宮廷奇士，其左右逢源之術尤在胖公公之上，加以歷練，可在謀略等其他方面直追胖公公。今趟若非得他在旁默默觀察，瞧穿宗、田兩人的把戲，我們勢輸個永不翻身，一敗塗地。」

接著又道：「太醫大人先前向長公主入手的想法，方向正確，卻不宜由大人處理。須交由中間人代行，而這個人也不可以是高大，那等若暴露他的立場。如何拿捏，煞費思量，若長公主按捺不住警告太子，事情將失控，故絕不可行。」

符太首次發現李隆基可變得鐵石心腸，不為人情所動，只重成敗。然而，此正為成敗關鍵。若警告李重俊，李重俊肯否聽入耳，實為疑問，問題在他們一方只可洩露大概，不可詳釋得到這個結論的諸般細節，洩出的話，等於洩露高小子的秘密。所以李隆基對如何拿捏大感頭痛，李隆基肯把最困難的事攬上身，是不畏難、負責任的表現。

李隆基沉吟道：「今晚便有個機會。」

符太道：「霜蕎的雅集？」

李隆基點頭應是，道：「大相府、長公主府、相王府三者，防守力最薄弱的，正是相王府，且缺乏高手，對方一攻便破，斬瓜切菜的殺人，我們必須改變這個形勢。解決辦法非常簡單，卻不易辦到，須祭出太醫大人來，條件是王父一如我們所料的，對太子何時起兵毫不知情。」

符太皺眉道：「究竟是甚麼娘的辦法？」

李隆基胸有成竹的道：「就是將王父誆到興慶宮來。」

雙目倏地射出冷峻神色，以異乎尋常的緩慢語調，沉聲道：「『養兵千日，用在一時』，聖神皇帝大恩大德，賜我隆基十八鐵衛，他們不但精於陣戰、巷戰，人人武技強橫，可以一擋百，且不懼對方強手。商豫則是由鷹爺一手培植出來，欠的惟實戰經驗，加上得太少你坐鎮，縱然田上淵親自領軍來攻，我們倚興慶宮堅守，敵人亦要吃不完兜著走。可是，要取得想像中的輝煌戰果，必須先辦妥一件事。」

符太歎道：「有你臨淄王老哥為此傷腦筋，鄙人輕鬆得若飄然雲端，且開始手癢，他奶奶的，老子不知多麼希望老田來。」

李隆基笑道：「太少肯定失望，老田的頭號目標定為武三思，武三思如能保命，必全力反撲，令老宗、老田得不償失。只要抓著幾個北幫徒眾，老田跳下大河仍洗不清嫌疑。」

符太道：「勿學大混蛋般賣關子，臨淄王究竟有何妙策，可令相王躲到興慶宮來？」

李隆基欣然道：「那就看太醫大人今晚的說書如何精采，有否賣關子，在節骨眼上說些不說些的，令聽者意猶未盡。」

符太一頭霧水的道：「這樣便可以引你王父到興慶宮來聽多次說書？」

李隆基道：「不但要引王父來，還要引長公主來，成為我李氏族人的秘密說書會。」

接著道：「楊清仁絕不缺席。」

符太皺眉道：「行得通嗎？」

李隆基道：「不是行得通與否的問題，是易似探囊，沒一個唐室李氏能抵受誘惑。外人很難明白我們的感情，河曲大捷，乃自我大唐開國大破頡利後的唯一盛事，吐氣揚眉，遠過當年鷹爺割下契丹的盡忠、孫萬榮兩人的首級。比之突厥的強大，契丹遠有不及，之所以得逞一時，皆因大周朝無人。」

符太道：「有少許明白了。」

李隆基道：「何況擊破契丹，發生在聖神皇帝的大周朝，怎可和復辟後的大唐時代相比？唉！可是，郭大帥的報告卻語焉不詳，略去了最精采的部分，張仁愿則一問三不知的，非常吊胃口。」

符太記起張仁愿抵西京的第一天，立被召進大明宮，親口向李顯、韋后、李旦、太平等一眾皇室成員，詳述戰事的過程，可見李隆基所言非虛，那種似親歷其境的感覺，實乃沒法親自參與戰事，然所有榮譽全歸於他們的皇室成員，夢寐以求的事。難怪昨天球賽前，太平和李旦這般著緊。不是李隆基親口道來，他永遠不明白，故亦不可能想出此計。

符太道：「這是錯有錯著，我們拉大隊去追鳥妖，結果只得老子一個人回朔方接小敏兒，郭元振和張仁愿又到了河套去鞏固收回來的失地，沒和老子碰過頭，是的確不曉得我們幹過甚麼好事。他奶奶的！這樣也能收神效，供今天之用，你老兄還非真命天子，誰是？」

李隆基不好意思的道：「太少令隆基臉紅，一切言之尚早，大家兄弟，本該不用說感激的話，但隆基確銘感於心，言詞難表。」

稍頓，續道：「今夜太醫勉為其難，落力表演後，隆基會在接著的那天，安排大人與隆基和兩個兄長在興慶宮內巧遇，屆時隆基會提出有關河曲大捷的刁鑽問題，太醫大人則解釋事關機密，不可在大庭廣眾說出來，但換過是『自己人』，當然沒此禁忌。」

符太拍腿道：「好計！虧你想得出來。如此根本不用和太平說話，也不用慫恿令王父，自然而然，水到渠成。」

又哈哈笑道：「老子堅持只說一次，時間為後晚，地點興慶宮。他奶奶的，今趟還不反算老宗、老田一著。」

李隆基壓低聲音道：「更精采的，是老宗、老田以為鴻鵠將至，我們李族的人集中在興慶宮待他們來宰。」

符太問道：「剛才你老兄說過，須先辦妥一件事，究竟是甚麼娘的一件事？」

李隆基欣然道：「太醫真的手癢哩！」

第九章　馬車危情

龍鷹讚歎。

讚的是團結的力量，李隆基、符太、高力士、宇文破，若各自為戰，絕不可能挽狂瀾於既倒，此刻卻是於沒辦法裡想出辦法，逆中求順，絕處逢生。

印象和事實的分別可以這麼大，以前是將聽回來的零碎片段強作梳理，大部分來自想像，還大感自成其理，豈知與事實有這麼大的距離，因均非出自當事人之口。

此顯示現在乖乖坐下來，將《實錄》一次過啃完，有其必要和急切性。

難怪老宗、老田終對李隆基生出疑惑。不過，無論如何，李隆基之計妙至毫顛，且混淆了十八鐵衛和商豫的身份，他們可以是相王李旦，或其五子的府衛高手。

當局者的楊清仁又如何？該像老宗、老田般沒法掌握真相實情，這可從台勒虛雲說過的，若他是宗楚客，會盡殺李旦五子之語看出來，因他並沒特別針對李隆基。

相王和李隆基的其他兄長又如何？當時兵荒馬亂，喊殺震天，不被駭死是萬幸，遑論曉得誰強誰弱，攻防戰如何進行。

他奶奶的！確是精采。

李隆基解釋道：「就看太醫大人是否對方清除的目標。」

符太道：「這是個無從猜測的問題，除非能將老宗抓起來嚴刑伺候。」

李隆基笑道：「太少很愛說笑，何用這麼痳煩？因有所謂見微知著，舉一可反三。我們可從對方的佈局窺見對方行事的風格，從而訂定日後反攻、反制之計，否則縱贏得興慶宮之戰又如何？最後還不是整盤棋輸掉。」

符太一呆道：「對方有何行事的風格？」

李隆基道：「就是急於求成，等於馬球賽，欲在一局三籌內定勝負，一舉翦除所有反對他們的力量，不惜冒上最大的風險。」

符太糊塗了，不解道：「我倒看不出對方風險何在？若非可掌握對方發動的時間，後晚之後，西京將陷於老宗和老田的魔爪內，那毒婆娘則成他們扯線的傀儡。」

李隆基好整以暇的分析道：「他們最大，也是唯一的風險，來自皇上，當他仍具反制的力量時，不論如何薄弱，天下始終仍是他的天下，不到老宗不顧忌。」

符太皺眉道：「我仍然不明白，皇上還可以有何作為？」

李隆基道：「皇上能否有作為，就看我們可以有甚麼作為，只要突破對方一個缺口，本已輸出去的，可一下子贏回來，這就是皇權在手的威力。愈扯愈遠了，說回對方冒進求成所犯的錯誤，就是打擊的範圍太大，稍有失誤，難竟全功，立即破綻百出，任皇上如何昏庸，也會察覺出了問題，感覺皇權受嚴重的威脅，當這個情況出現時，皇上勢起而反擊，至少生出求存之心。」

符太沉吟道：「這與我是否他們清除的目標之一，有何關係？」

李隆基道：「大人從田上淵的藉故離京，看穿他是重施故技，營造出他並不在場的事實，意在乘機除掉所有反對他們的力量，可是，一旦攻不下興慶宮，大明宮又因宇文大統領穩如鐵桶，對方縱然盡殲太子的叛軍，卻未能置皇上於絕對控制下，便是功虧一簣。」

符太頭痛的道：「我的娘！太複雜了，不過，臨淄王既說他們的目標是清除所有反對的力量，那老子必是他們目標之一，很大機會連你們五兄弟都不放過。」

李隆基道：「若然如此，那興慶宮的宮衛裡，必有他們的人，可開門揖敵，殺我們一個措手不及。」

符太同意道：「有道理！唉！不是有道理，是必然如此，他們要收買人還不容易嗎？我們只剩下兩天時間，怎樣才可以將內鬼找出來？」

李隆基道：「這方面隆基和高大一直有留神，特別留意來自宗楚客一方不尋常的陞調，可交給隆基處理。當太子發動之時，我們將興慶宮的七道城門的控制權奪下，那縱有漏網之魚，亦無法起作用。」

符太道：「依此思路，豈非相王府、長公主府內也有他們的人嗎？」

李隆基道：「機會微乎其微，不論王父或長公主，只肯用曾追隨多年，且忠誠上沒問題的人，教對方難以滲透。」

符太仍有大堆話想問，長寧的馬車隊到。

龍鷹讀得頭皮發麻。

當時的符太，很難明白李隆基說的話，因他所說的，是尚未發生的事，具有先見之明。換過其時聽的是自己，亦必是一知半解。可是，今天讀來，卻清楚分明，皆因李隆基描述的，正是眼前的情況。

李顯醒覺了。

他的娘！現時即使有敵殺至，他亦邊讀邊打，欲罷不能也。

一向不懂說討人歡喜的話的太少，如何可一鳴驚人，成為西京獨此一家，又最引人入勝的說書者？

霜蕎舉行這場說書雅集，目的何在？

一切即將揭曉。

符太坐到打扮得花枝招展的長寧身旁，髮香、衣香、體香撲鼻而來。

他嗅覺的靈敏，縱未比得上大混蛋的魔鼻，相差肯定不大遠，坐得這般親近，大公主尊貴的身體，等於在氣味的層面上向他完全開放，確香不迷人人自迷。

長寧是有了駙馬爺的公主，這麼擠在同一車廂裡，連不懂宮廷禮儀、規矩的符太，也知於禮不合，何況還肩並肩的？

不過！有其母必有其女，李顯又寵縱慣了，她公主心甘情願、紆尊降貴的來相就，誰敢哼半句。

馬車開出。

長寧挨過來，未語先臉紅，湊在他耳邊道：「母后特別吩咐，太醫大人的說書，萬勿觸及北幫的事，免惹起爭議，大人辦得到嗎？」

符太心忖這就是順水人情，說出來又如何？在現今情況下，沒半丁點意義。點頭答應。

長寧如釋重負的，坐直嬌軀，輕輕道：「太醫善解人意。」

符太失聲道：「鄙人善解人意？天下間除大公主外，恐怕沒半個人這般看。」

長寧「咭」的一聲笑出來，別過俏臉白他一眼，含笑道：「哪有人像太醫般，忙於否認別人的讚賞，惟恐給誤會是個好人來的。」

符太灑然道：「大公主明鑒，鄙人從來不是好人。」

長寧欣然道：「可是呵！長寧也從來未聽過，當然亦未見過，太醫大人有任何壞蛋的行為。」

以她尊貴的身份，對一個臣屬說出如此語帶雙關的話，非常露骨，含有鼓勵符太變壞的意思。

不過，符太見她嬌軀仍坐得端莊筆直，心中大定，曉得她與安樂在作風上大有分別，換過是安樂，即使不立即投懷送抱，至少香肩已緊擠著他。

然而，奇怪的是，長寧對他的誘惑力，比之安樂是有過之而無不及，或許是基於「物以稀為貴」的人性，聲譽比安樂好上很多的長寧，於男人來說，得她青睞更難能可貴，誘惑力因而大幅提升。

符太費了一番心力，壓下妄念，暗忖能否過此色關，路途遠近是個關鍵，問道：「都鳳大家的新宅，位於城中何處？」

長寧展示尊貴公主佻皮的一面，喜孜孜的道：「不告訴大人，下車時，可有個驚喜呵！」

符太頭痛起來，路途該近不到哪裡去，有一段時間須捱過，另一方面，又大感刺激，誰曉得下一刻會發生甚麼事。

不由記起國宴之夜，她因自己應允說書，說過若自己對她有要求，她不會拒絕的話，感覺強烈度更大幅攀升，心知糟糕。亦無法想得通，自己為何抵不住她的誘惑？

符太不明白，龍鷹卻了解，因曾為過來人。

以前的符太，鐵石心腸，在感情上刀槍不入，可是，柔夫人拔開了壓妖葫蘆的塞子，釋放出葫蘆內色慾的妖魔鬼怪，再難心如冰雪。

第二個原因，是因處於非常時期，像一條綳緊的弓弦，渴求可喘息放鬆的機會，好忘掉現實龐大至令人透不過氣來的壓迫。

第三個原因，乃人之常情，如當年他憧憬得到太平，又似現在般想得到曾為準太子妃的獨孤倩然，離不開以稀為貴的道理。

符太不敢碰安樂，長寧又如何？

安樂任性妄為，肆無忌憚，不畏人言；長寧本身卻非蕩女，且對駙馬有顧忌，和她相好，只可以偷偷摸摸，剩此已大添私通偷情而來的滋味。

宮廷是個大染缸，誰能倖免？

長寧輕柔的語聲在耳旁響起，醇似佳釀，柔軟如一床棉被，仿若夜半的枕邊私語，鑽入他耳鼓內呢喃著道：「長寧不知多麼渴望，每天起來，都有個人可予長寧驚喜，偏曉得只有在夢裡才能發生。」

唉！我的娘！這是個怎麼樣的人間世，尊貴的公主竟向自己細訴心事，展露她莊重自持下，不為人所知的另一面。

長寧最大的問題，是身出帝皇之家，性格決定於皇室的風氣，而有著這麼的父皇、母后，想出淤泥不染嗎？難矣！

此情此景，她說話的內容其實不頂重要，重要是她溫柔如枕的說話方式，惹人遐想至極，令符太大有和她親個嘴、摸幾把、看其反應的衝動。

馬車駛出興慶宮西南角的金明門，門衛致敬的吆喝聲，喚回符太的魂魄。

符太一邊大罵自己不濟事，同時收攝心神，警告自己勿要臣服在長寧的誘惑下。

馬車走一段路後，轉彎，左面東市。

「太醫為何不說話？」

符太壓根兒沒想過回應，因怎麼說，均令他陷身「險境」，勿說公主與臣屬，現時他們之間，連一般的男女之防也不存在，簾內的車廂一如暗室，稍一不慎，立出亂子。

長寧說過的那兩句話，是催情的符咒。

符太被逼道：「天天驚喜，是不可能的事。鄙人此生未嘗過驚喜，驚駭倒多的是。哈哈！」

長寧「噗哧」嬌笑，橫他一眼，湊近少許道：「太醫騙人，除非能預知未來，否則總有些事，是事前沒想過，忽然發生，令人感到喜悅，就是驚喜了。」

符太心忖她肯扯三拉四，就最好。行車雖緩，終有抵目的地的一刻。他奶奶的，回程時怎都不可以再和她共乘一車，那將是高危的一程。

為了不讓對話停下來，隨口問道：「公主有甚麼特別難忘的驚喜呢？」

長寧道：「最大的驚喜，發生在房州，大相迎父皇回洛陽的馬車隊駛入宮門，忽然間，一切都不同了，過去緊纏著我們的愁思憂慮，一掃而空。」

符太不得不同意對長寧來說，確為最大的驚喜，令她銘記心頭。而於她最大的驚駭，不用問亦該知是李重潤和永泰的遭害，當然不說出來。

長寧緬懷的道：「可是，長寧總忍不住記起房州時的日子。」

符太心生感觸，自己小時在本教的日子，本不堪提，然而，總難忘記，問題不在此時期有多少值得回憶的事，而在其深刻度，於深心內留下了永難磨滅的傷疤和印記。在那樣的惡劣環境裡，闖出生路，豈可或忘。

房州時的李顯夫妻，二人同心，互相扶持，這樣的關係早一去不返。長寧非是安樂，肯定心有憾然。

長寧的聲音，似從千山萬水之外輾轉傳入耳內，道：「另一個長寧永難忘掉的驚喜，發生在洛陽東宮。」

符太從沉思醒過來，怎想到大公主可勾起他對遙遠過去的回憶，或許是因車廂內動人的氣氛，又或因被她細訴心事惹起的情懷，確與平常很不一樣。

馬車右轉，改向西行，走上北里南面的二級街道。

符太插不上口，朝她望去。

四目交投，男女兩方似消受不起，各自避開，曖昧微妙。

符太心呼糟糕，長寧一雙明眸透射火熱的神色。

亦百思不得其解，證諸眼前大公主的行事作風，確非像安樂般乃天生蕩女，起碼端莊自重，卻怎會對自己這個長相醜陋的人動了春心？

第十章　車內衷情

長寧以蚊蚋般微細的聲音，含蘊著豐富的情懷，幽幽的道：「從房州返洛陽，不久便聞得太醫大人的大名，知大人醫術如神，短短數天內，先後治好父皇、母后和湯公公的陳年舊症，妙手回春，神奇至令人難以相信。然而大人旋即遠行，令長寧緣慳一面。」

符太心忖那個非是老子，是大混蛋龍鷹，亦感錯愕，大公主的上文是另一難忘的驚喜，接續的竟是對「醜神醫」芳心內的印象和感受。難道「自己」竟然是她另一個深刻難忘的驚喜？此事從何說起？

心生好奇下，自然往她瞧去，好從她的神態表情得到多點訊息。

長寧今趟沒避開他灼灼的目光，還送他一個羞澀的笑容，道：「一時間，大人成了東宮內最惹人注意、被談論得最多的人，父皇固然對大人讚不絕口，連一向不輕易欣賞人的湯公公，亦對大人推崇備至。」

符太代大混蛋不好意思的道：「大公主過譽哩！鄙人怎擔當得起。」

長寧道：「那時若真的要見太醫大人，非辦不到，可是呵！人家又沒生病，見大夫總有點那個。」

她說得婉轉，換言之，是提不起勁，當時的醜神醫尚未能惹起她須一見的衝動。

符太道：「確沒甚麼好見的，不見反可保持印象。」

長寧歡喜的道：「太醫也有這個想法嗎？事事保留一點，可以有霧裡看花的樂趣呵！」

符太有個古怪的感覺，是眼前的大公主，變回當年在房州時的少女，未被現時的富貴榮華蒙蔽，盡抒情懷。她細訴的，若如初戀情事，可是，現在她已成人婦，還在不斷追求因父皇昏庸而來的名利和權勢。不過，在此一刻，她的心不在權位，純如沒雜質的美玉，翱翔於失掉了的過去，耐人細細品味。

長寧續道：「再一次聽得有關太醫大人的事，是聞得大人拒絕了母后送贈漂亮宮娥的盛意。長寧在想，為何母后這般看重大人？不知曾有多少人向母后討小敏兒，均為她一口拒絕，偏對大人另眼相看。大人可以告訴我原因嗎？」

符太聳肩道：「鄙人一向糊塗，大公主問錯人了。」

長寧忍俊不住，「咭」的一聲笑出來，又責怪地瞪他一眼，道：「好呵！推個一乾二淨。」

符太瞥一眼車窗外的景色，入目的是漕渠北岸遠處的皇城，馬車正沿漕渠南岸西行，剛過了朱雀大橋。

駕車的御者該得長寧指示，行車頗緩。

幸好沒絲毫沉悶難捱的感覺，不但因長寧氣質高雅，更因她以尊貴的身份，訴說尋常的男女故事，本身已變得不尋常，更是符太從未嘗過的滋味，感受殊深。

符太攤手表示事實如此，鄙人沒有辦法。

長寧沒追究，道：「大人的奇行，翻新了長寧對大人的印象，大人究竟是怎麼樣的一個人？遂遣身邊的人四處打聽……」

說到這裡，嬌羞的垂下螓首，輕輕道：「大人會笑人家嗎？」

符太心中喚娘，她的表情，比秋波媚眼的威力強勝十倍，出現在貴女身上，又加添多幾分誘惑力。要命處，每吐露一段心聲，他們間的距離似也縮減少許，以符太的性情，仍感在對抗她的魅力上力不從心。

符太從未想過，西京城內的一段車程，可以是偷情的醞釀、進行和發生，由高雅的大公主一手主導，他則接招、捱招，全無翻身之法。

更要命的，是自己也想她說下去，愈坦白，愈夠味道，愈是刺激。

道：「好奇乃人之常情呵！只不過大公主今次選錯對象，鄙人除了懂兩手醫術外，其他乏善可陳。」

長寧仰起俏臉，深深瞧他一眼，道：「長寧打聽回來的，恰好相反，大人似是真人不露相的寶藏，密藏著發掘不盡的寶物，連修道至心如止水的寧采霜、從不對男人假以辭色的妲瑪夫人，均對大人與別不同。」

符太心想，長寧描述的，乃生於深宮、活於深宮的貴女情懷。她們注定了被宮娥、侍臣、禁衛重重環繞，罕能接觸宮外的男性，縱有，對方必誠惶誠恐，不敢稍有逾越，令她們沒法享有尋常情事。放蕩如安樂，亦只能與能接近她的男人私通。公主的婚姻，全為政治交易，不論個人好惡，禁忌鎖心，能不寂寞？當宮內出現像醜神醫王庭經般特立獨行，連韋后也不賣帳的人物，不惹起宮內群雌的好奇心才怪。

不過，以長寧的地位，只可憑打聽回來的加上想像，以滿足芳心內的好奇。沒法像與韋后比她更親近的安樂，有近水樓臺的方便。可是，當安樂亦碰壁而回，怎到長寧不動心。

她為何不裝病以償一見王庭經的心願？

依符太猜測，她該克制著心內的衝動，怕情不自禁。

若眼前正發生的，是談情說愛，確別開生面，令符太有未之曾有的刺激，香豔旖旎。

長寧喜意盈面的道：「對大人是怎麼樣的一個人，人言人殊，較相同的，是大人生具奇相奇氣，說話吞吞吐吐的，似不善辭令，殊不知只是騙人的幌子，詞鋒既凌厲乂趣怪，令人如沐春風。走起路來瀟灑飄逸，仿若神人。」

符太心忖自己是被大混蛋那死色鬼所累，扮醜神醫仍不忘發揮醜的魅力，好勾引女人，他的作孽由自己全面繼承，仿如宿世之孽。

尷尬道：「大公主勿再說鄙人了，鄙人會臉紅的。」

長寧俯前少許，審視他的醜臉，道：「大人從來不臉紅。」

符太暗吃一驚，佯裝打量窗外景色，道：「樂琴軒是在福聚樓那一方嗎？」

若然如此，馬車是兜遠路去。

天已黑齊，家家戶戶亮著燈火。

長寧嗔道：「早說過不准太醫問。」

符太舉手作投降狀。

長寧破嗔為笑，道：「到再次聞得大人的音訊，是父皇登基後的事。這回令人啼笑皆非，醫術如神的王庭經，竟身罹怪疾，能醫不自醫。噢！笑死長寧哩！」

符太苦笑無語。

長寧笑罷，現出回憶的神情，神態嬌憨，道：「就是在那樣的情況下，長寧終於巧遇神醫，想像中的，原來可以和現實這般的不同。神醫很棒呵！」

符太無言以對。

長寧白他一眼，似怪他到這刻仍沒有行動，柔聲道：「今晚長寧要太醫大人為人家治病。」

符太大吃一驚時，馬車抵達目的地。

龍鷹幾肯定是夜符小子沒和長寧偷情，否則他不會費這麼多筆墨，描寫這段漫長的車程，作賊心虛也。

當馬車駛出金花落的一刻，於長寧公主而言，等於幻想和現實結合。以往長期積聚下來，從不著意到著意，從暗裡留神到為醜神醫動心，由旁觀者變為當事人，芳心內的幽思、憧憬、焦慮和渴望，得以實現。

聽著高貴的公主，將心內衷情娓娓道來，符太無疑大感震撼難忘，故不論過了多少天，書之於錄仍能寫得淋漓盡致，以之與自己分享，皆因龍鷹非為「外人」，而是長寧愛上的部分。想想也可令他顛倒迷醉。

假若符太略去這段車程，龍鷹永遠不曉得與長寧間有這麼的一段情緣。

陽光斜照下，金花落仿如凡塵裡的淨土，偶有聲音從內堂傳來，使他猜到小敏兒正為他準備晚膳，只不知符太能否及時趕回來陪自己。

今趟是由朝讀到晚，其樂無窮。

更精采的，在《實錄》等待著他。

一向不愛敷衍應酬的符小子，今次須展盡渾身解數，說一臺精采的說書，確教人期待。

下一刻，心神返回《實錄》去。

縱然心裡早有準備，到親臨霜蕎的華宅，身歷其境，方知民間宅第可以如此兼具華麗和秀逸，雅集如此熱鬧，卻又不予人擠迫的感覺。

樂琴軒位處永安渠西岸岸濱，北靠西京北城牆，牆外是皇室的禁苑。以位置論，罕有獨特。

大江聯經營此宅，所費不菲。

撐起如大江聯般的龐大組織，在在需財，少個子兒也不行。雖然，台勒虛雲將大批戰船賣予江舟隆，得到一筆可觀的現金供其運轉，然而經過這麼一段時日，恐怕所餘無幾。

現在大江聯唯一的收入來源，惟只香霸的青樓賭坊業務，或販賣人口之所得，支持著大江聯的龐大開支。

循這個方向看，更不明白台勒虛雲花錢建此豪園華宅，只是這塊地，肯定是驚人的數目。

從而曉得，大江聯諸派系，仍是精誠團結，為了未來的理想，不計較私利。黃河幫雖被置於大江聯的控制下，卻仍處於休養生息、伺機而動的狀態，開支有出無入，大可能還須大江聯以財力支持。

假如，忽然斷去來自香家的財路，將出現何等狀況？

樂琴軒一如沈香雪的其他傑作，把江南的園林藝術移植北方，引入永安渠之水，奠定全園的山水骨架，達至景景臨水，體現了園在水中、水在園中的情趣。亭閣樓臺互為借景，分別以廊、橋相通，倒映碧波，還有樹影、月影、唼喋游魚激起的漣漪，渾然天成，營造出詩情畫意的迷離天地。

霜蕎親身出迎，接得兩人，過廣場，朝正廳舉步。

此時所有賓客均已入園，分聚於六座相連的樓閣，據霜蕎之言，賓客逾千，舉凡在西京的權貴巨賈、世家領袖，有點頭面的全來了，盛況空前。如此大型雅集，於緊接三天的全城祝捷後舉行，尤具特殊意義，盡顯霜蕎現今在西京文壇的地位，足可與閔天女相媲美，亦可見霜蕎多麼吃得開。
符太暗忖李重俊和他一方的人馬，缺席機會頗大，皆因丟不起輸球賽的顏面，不願見人，更不願與安樂狹路相逢，遭侮辱奚落。
接著另一個想法浮現腦海。
台勒虛雲會否是其中一個賓客，默默旁觀？想法來自玄妙的直覺，仿如大混蛋的魔覺。
霜蕎非是走在長寧的那一邊，而是在符太的另一邊，卻與長寧隔著他笑語連連，任符太如何遲鈍，仍清楚自己成了今晚樂琴軒雅集的重心。
至少在今夜，其他人全為拱月的眾星。
過千人聚在園內，卻不聞喧譁之聲，營造出引首以待他這個「正主兒」的氛圍。
勢成騎虎，符太顯出天不怕、地不怕的本色，心忖老子怕過誰來，可面對千軍萬馬而色不變，何況又不是上戰場，不過說他奶奶的一臺書吧！
想是這般的想，但如可立即拔足開溜，他毫不遲疑。
主廳為楠木大廳，五楹七架，硬山，開敞雄健，用料渾厚，以整體格局論之，此廳實為迎賓之所，一切由此而展開。

不入此廳，無以探其園林之幽秘，只此可見沈香雪匠心獨運、佈局引人入勝之處。

符太拾級登階，離開停滿馬車的廣場。人太多了，不少馬車就那麼停在門外車馬道兩旁。

正廳入門處上懸橫匾，上書「蓬蓽生輝」四字，加強了迎賓的味兒，令人倍添入廳一看的興致。

本如蜂採花蜜的嗡嗡之音，於符太踏足主廳前的剎那，倏地斂收。最妙是由動轉靜是蔓延開去的，自近而遠，當符太進入正廳，遠近再無人語聲，感覺有那麼古怪，就那麼的古怪。

眼前豁然開闊。

喝采鼓掌之聲，震堂響起，此落彼起，采聲從連接的橋廊如鷹展翅往兩邊蔓延。

他奶奶的，如此園林佈局，令人大開眼界。

六座樓閣，環繞寬廣約五十丈的小湖而築，每座均設臨湖平臺，湖心以一別緻的六角亭點睛，此時亭內放置著琴檯，上有七弦琴，以具體的方式傳達樂琴之意。

六角亭由正廳臨湖平臺延伸出去的雕欄長橋連接，另一邊以同式樣的長橋接通對岸樓閣的平臺，氣象萬千。

星輝月色映照裡，六角亭如被兩邊長橋捕捉、本自由漂浮湖面的神物。

正廳衣香鬢影，二百多人聚集堂內和平臺處，見符太到，自然而然讓出通路，讓符太可筆直抵達湖橋。

每座樓臺，盡為來參與雅集的仕女，一些是熟悉的面孔，部分則屬初見。在前面的兩婢領路下，符太心中喚娘的朝湖橋舉步。剛抵達時凝起說一臺好書的雄心壯志，消失至無蹤無影。

他情願面對千軍萬馬，也不願在逾千人的面前，講述打仗的故事。

霜蕎挨近他，耳語道：「為了不讓太醫大人等候，剛才妾身獻醜，奏了三曲，拋磚引玉，故現在輪到大人登亭細述河曲之捷。大人可知來賓們盼望大人，盼得頸都長了。」

符太大失平時水準，此刻才發現六座樓閣，其臨湖平臺均置滿坐席，使賓客不用長時間的站立，椅旁設有茶几，可想像眾人一邊看自己耍百戲，一邊喝茶或喝酒，想想也不由心內發毛。

我的娘！真的很不爭氣。

此刻長寧離開他們，在婢子引領下進入坐席，順眼瞧去，立告眼前一亮，坐前排的安樂趁機和他來個眉來眼去，瞧她春風滿面的模樣，仍沉浸在昨天的勝利裡。不過吸引他注意的，是坐在她身邊的陌生美女，正以一雙美目，好奇地打量他。

霜蕎像他肚裡的蛔蟲般，點醒他道：「是獨孤家的倩然姑娘呵！」

符太尷尬的往霜蕎望去，眼睛餘光看到坐另一邊的是相王李旦和他的一眾兒子，包括李隆基。

雖只一瞥，仍把握機會與李隆基的眼神來個短暫的接觸，設法傳遞訊息，因今晚能否脫出長寧的香爪，就看李隆基了。

不知如何，他感到李隆基似有點心事，幸好仍收到他眼神的含意，略一頷首，至於李隆基是否真的明白，老天爺才知道。

踏上湖橋，小湖周圍六座臺閣，爆起更激烈的歡呼和喝采。

「大唐萬歲」之聲，不絕於耳。

第十一章　央亭說書

霜蕎玉手穿進他臂彎，挨貼他，踏上湖橋，朝湖央亭舉步。雖在眾目睽睽之下，她的舉動自有種閒適自然的感覺，令人感到她對醜神醫的義助，心存感激、尊重。尤其在這個男女風氣開放的時代，沒人當為一回事。

她的身體很柔軟，碰著她有股從心裡鑽出來的舒服，管她娘的是甚麼媚術，在這醜醫示眾的一刻，她不啻冰天雪地裡的唯一暖源。

難道她感到自己怯場？

老子怎可以這麼不濟事？

霜蕎偕他踏足湖橋的同一時間，另有三女呈品字形由對岸沿橋迎過來，速度與他們同步，兩組人將同時抵達湖央亭。

後兩女捧著上放酒瓶杯子的托盤，前一女雙手環抱，手穿入寬大的袍袖裡，符太雖一時因亭子阻隔瞧不清楚她的花容，仍感她比起跟在後方的婢子，若鶴立雞群，身長玉立，體態美至難以描擬，紮著美人髻的秀髮烏黑發亮，充盈青春健康之美，且皮膚白嫩，衣著淡雅，與她距離雖近百丈，仍似可以嗅到她香軀散發的淡淡清香。

四方八面的喝采聲斂止下去，符太可肯定非因自己，而是為了可屏息靜心，欣賞此女儀態萬千、搖曳生姿的動人美態。

霜蕎見他打量對岸來者，在他耳邊輕柔的道：「是妾身的親表妹都瑾，今年剛滿十七歲，天生一把好嗓子，到京師來跟妾身習琴，剛才她初試啼聲，伴琴唱了三曲，頗得讚賞。」

不斷接近下，符太可清楚瞧見都瑾的玉容，她確長得異乎尋常的美麗，楚楚動人，絕對可與小敏兒相媲美而不遜色，除了姿容秀美外，還予人生動活潑、靈巧伶俐的印象。

雖然很難從這般出眾的美女身上聯想起陰謀詭計，符太卻不得不循這個方向想。如若不惜工本的建華宅、辦雅集、邀老子來說書，就是為了令都瑾巧妙登場，那真想不到台勒虛雲為何這樣做？有甚麼值得這麼去做？既想不通，當然測不破都瑾現身樂琴軒的原因。

霜薔和符太先一步抵達湖央亭，惹起另一陣采聲，都瑾領兩婢抵達符太前方，動作一致地福身施禮，齊聲嬌喚道：「太醫大人請用酒。」

霜薔放開符太，從婢子的托盤拿起一個酒杯，送入符太手裡。

肯定是老天爺一手炮製出來，再由玉女宗的玉女加以後天訓練，專到人間裡迷惑男人的尤物都瑾，兩手從香羅袖滑出來，以其纖長優美的玉指，從另一婢盤上提起酒壺，另一手輕扶壺口，將美酒注入符太持著的杯子去。俏臉紅撲撲的，似羞不自勝，但又不得不完成奉酒的使命。有那麼動人，便那麼動人。

霜薔亦拿起自己的酒杯，讓都瑾為符太斟酒後，來伺候她。

嗅著都瑾的香氣，符太雖不住提醒自己，眼前乃大江聯最厲害的秘密武器，可是仍要在她驚心動魄的美麗下，誠惶誠恐，惟恐唐突佳人，傷害她。

天下之計，莫過於美人計，明知是計，仍抱僥倖之心，為自己找得諸般藉口，然後忘掉是計，一頭栽進去。

都瑾肯定非針對自己的醜神醫而來，但究竟針對何人而發。倏地記起霜蕎說過，在自己來前，她表演琴技，由都瑾唱和，顯然其對象乃當時在座欣賞者之一。

此刻，李隆基心事重重的樣子，浮現腦際。

龍鷹讀得心裡喚娘。

符太的靈覺愈來愈厲害，竟可純憑直感，測破台勒虛雲的陰謀。然而知道歸知道，卻無從干涉反制。美人計厲害處，正在於此。

「養兵千日，用在一朝」。

萬中選一，經千錘百煉培育成絕世尤物的都瑾，亦可作如是觀。能否用得其所，乃關鍵所在，否則就是浪費。

於他們仍大幅落後於形勢時，台勒虛雲早著先鞭，掌握到相王李旦在未來皇位爭奪戰，起著舉足輕重的作用。

若李顯遇害，所有未被韋宗集團收買的大臣、重將，勢聚集在曾當過皇帝的李旦旗下，與韋宗集團展開存亡之戰，一是推翻惡后，一是全體死無葬身之所，雙方間絕無轉圜餘地。支持唐室者，絕不會捧李重福或李重茂，因兩人缺乏李旦的號召力。

如李旦像陶顯揚般被美人所制，最大的得益者將是楊清仁。那時的楊清仁，等於現在的高奇湛。

唉！難怪湘夫人、柔夫人兩師姊妹功成身退，因確完成了最決定性的一著，也是不到任何人扳平的厲害招數。

婢子將酒壺置於湖央亭木桌檯面上時，霜蕎向符太祝酒，又向鬧哄哄、擠滿環湖六座樓閣平臺坐席的賓客舉杯遙敬。

眾賓客紛紛起立回敬，以示對主人家的尊重。

霜蕎清越的聲音傳往八方，道：「從此刻開始，此亭定名『逑捷』，以紀念太醫大人的高義隆情。」

以千賓客齊聲喊好下，人人一飲盡杯。

都瑾又來為兩人添酒。

有她在，逑捷亭化為凡間仙地，所有事都變得不一樣，更恐時間步伐加速，剎那後美景不再。

符太心呼厲害，暗忖待會為擺脫長寧好，為知道李隆基的心事也好，定要找機會與李隆基說話。

李隆基如他般，清楚都鳳「霜蕎」的身份，亦因此對「都鳳」心有提防。

霜蕎送符太一個媚眼，示意到他為這回的敬酒說話。

位於人工湖中央的新命名為逑捷亭，符太則視之為「說書亭」的六角亭，尚有一妙處，是當在亭內揚聲說話，聲音的傳播廣被四周的六個平臺，且聚而不散，確為說書者最理想的表演臺。

符太心道拚死無大害，何況是胡謅一番，狠下豁出去的決心，舉杯呵呵笑道：「各位達官貴人、鄉親父老、嘉賓聽官，這杯是為大唐皇朝、皇上、皇后、河曲大捷而喝。」

哄笑聲中，這巡酒在熱烈的氣氛下乾杯。

都瑾領兩女先告退，循原路回去。

賓客再次坐下之際，霜蕎向符太道：「要妾身在這裡陪大人嗎？」

符太灑然道：「鄙人慣了獨來獨往，都鳳大家請。」

霜薔含情脈脈的盯他一眼，別轉嬌軀，朝主廳的臨湖平臺婀娜而去。

符太則負起雙手，繞著木桌子舉步。

好戲終於開鑼。

龍鷹為符太煩惱，因河曲之戰隱藏著他們很多不可告人之秘，想想有台勒虛雲在旁默默聆聽，便知要說得既真實又精采，如何困難。

幸好想到一點，令他對符太生出信心，就是訓練有素。

積近幾年埋首寫《實錄》的豐富經驗，對述事符太極有心得。不用筆，改用口，應不差到哪裡去。

萬眾期待下，符太忽停下來，朝主堂平臺瞧去，六個平臺，以此臺人數最少，該不過一百五十人，卻是權貴集中的聽席，相王、長公主、諸位公主、駙馬、韋氏族人等均在此平臺，然不見大相武三思，又或兵部尚書宗楚客。

身份地位較次者，被分流往其他平臺去。

此刻瞧去，見霜蕎正半跪著在相王李旦身前和他交頭接耳的說話，旁邊的太平、較遠的李隆基，均露出注意的神色，其他人，包括楊清仁，對他們的交談視若無睹，目光全朝自己投過來。

兩人在說甚麼？

李旦因何事，聽書亦變成次要，彷彿錯過了，時機永不回頭。

符太曉得被霜蕎算了一著，助她引一向不參加雅集的李旦踏進美人計的陷阱來，心中大罵，登時膽氣陡增，聲音含勁，不用揚聲高呼，聲音震盪廣闊的湖樓，道：「大家耳熟能詳的，例如突厥狼軍每次渡河均到狼山祭狼神，因而掌握敵人渡河路線；又或請得江舟隆的老范喬扮龍鷹以懾敵，組成五百人的勁旅，死守統萬古城，至乎無定河之戰，於默啜大軍抵達前，擊潰其先鋒隊伍，均略過不提，而集中在河套區的爭雄鬥勝，否則各位天亮時仍未能返家睡覺。」

最後一句，惹起些許笑聲。

霜蕎此時起立，離開李旦，朝長寧一方的公主群舉步，李旦則一臉陶醉神色，顯然對符太的說話，聽而不聞，心神不屬。

李旦旁有人舉手示意，引得符太望向他後，問道：「那三個私通外敵的北幫叛國賊，究竟是如何落網？」

哄鬧聲四起，至少有數百人齊聲附和，欲知究竟。

長寧、安樂和一眾韋氏族人等均露出不悅神色。

發話的是李旦的長子壽春郡王李成器，聽到兒子說話，李旦方如夢初醒，返回現實。

西京乃政治無所不在之處，即使雅集說書仍無倖免，成為不同勢力互相發難攻訐的場所，營造壓迫對方的聲勢。

故此長寧叮嚀在前，囑他勿揭有關北幫被俘者的事。

而三俘之事，恰為張仁愿說得最詳盡的部分，好入田上淵以叛國大罪。

符太好整以暇的回應道：「這個要找別的人來問才成，鄙人當時正在狼山之巔，與老范和宇文劍士默默瞧著默啜揮軍渡河，設營立寨。」

怎麼答亦必然觸及韋婆娘的禁忌，索性推個一乾二淨，順勢將聽者的注意力，帶得重回戰事成敗的關鍵上。

後方有人揚聲問道：「范輕舟既無軍職，郭大帥憑何說服他冒此奇險喬扮鷹爺，成默啜務求去之而後快的攻擊目標？」

符太雖看不到誰在問，也猜到此人屬老宗、老田一黨，趁機問難，因不到醜神醫避而不答。

人人屏息靜氣，候符太回答。

誰想過一場說書，說的是大家樂聽的事，變得如此針鋒相對，刺激緊張。一個應對失誤，定有後患。

符太轉身，壓低聲音，仍字字清晰，傳入每一個人耳內去。神秘兮兮的道：「說出來大家定不肯相信，范輕舟那傢伙是主動加入，大帥猶豫時，這傢伙差些兒聲淚俱下的哀求大帥，皆因……皆因……哈哈！有綽號給你叫的，就是『玩命郎』，哈！有哪個場合，比上戰場更能玩命？」

全場爆起震湖哄笑，沒人弄得清楚他說的是真是假，可肯定的，是他加以說書式的誇大，令說話生動起來。

符太道：「言歸正傳，在我們觀察下，發現默啜號稱的百萬大軍，不過三十萬之眾，而真正可擺上檯面見人的，約十八萬，其他的屬從各地強徵、強擄回來的兵奴。不過，不可不知者，是其中有兩萬為惡名昭著的金狼軍，由突厥頭號大將莫哥率領，旗下高手如雲，剩是金狼軍，足可橫掃大草原，只曾在鷹爺手上吃過虧，除此之外，未嘗敗績。」

符太提供的數字，隨意胡謅，信口開河，愛誇大便誇大，然簡單易明，寥寥數語，道盡狼軍實力，又突出了莫哥，為未來的敘述鋪路搭橋。

符太口若懸河，顯示他初試啼聲的說書漸入佳境，頗得引人入勝之效。

龍鷹的心神轉到李旦身上，台勒虛雲的「請君入甕」之計，首要須保著李旦，不讓老宗扳倒他。對此台勒虛雲有何妙策？

台勒虛雲一方，缺乏的是像高力士般的一個人，可精確掌握李重俊發動兵變的時間。

多想無益，惟有繼續讀下去。

符太繞著木桌在亭子內踱步，道：「對方有何高手？最厲害者，當然是貼身保護默啜、繼『武尊』畢玄之後的新國師拓跋斛羅，此人在力戰龍鷹和符太下，仍可全身而退，高明程度，可見一斑。」

眾人為之咋舌，龍鷹乃中土公認的第一人，最輝煌的戰績，是於「神龍政變」前力壓群雄，創下彪炳傳奇，能與他平分秋色，已可令中土震驚，何況在龍鷹、符太兩人聯手下，仍可力保不失。

符太續道：「至於其他高手，隨便找幾個出來，例如愛穿著紅披風的『紅翼鬼』參骨、『鐵額』烏薄格、『三目狼人』紇鉢吉胡、『殘狼』燕拔、『硬桿子』武迷渙，還有僅次於莫哥的名帥如莫賀達干、默啜之弟咄悉匐，無不是踩踩腳可令大漠地動的可怕人物。」

符太以人為本，立即為模糊不清的戰亂注入了人的血肉，添加色彩。

人人聽得入迷，再沒人敢擾亂符太的話文，免觸眾怒。

符太停下來，攤手道：「坦白說，戰爭的發展，牽涉面之廣，不為人的主觀意志左右，更受天時、地利諸般不測因素直接影響，瞬息萬變，很多事須看老天爺的心意。我們唯一可做到的，是當致勝的契機出現時，握之在手，死都不放開，一層一層的剝下去，直至勝利果實現於手裡。你奶奶的！我們這場仗就是這般贏回來的。」

六座平臺逾千人，靜至落針可聞，間有游魚戲水的微響，在湖內此起彼落，際此星月之夜，說的是自太宗皇帝擊垮東突厥的頡利大汗以來，最大一場敗退塞外雄師的大捷，氣氛詭奇至極。

符太一個人在湖央亭唱獨腳戲，牽動的是每一個人的心。

此時的符太，完全投進了說書人的角色，欲罷不能，說的無須是真實的，至緊要精采過癮。

符太又再在亭內踱步，悠然道：「我們三個人，在狼山之巔，傻瓜、呆子般輪流觀敵，終於，機會來了。那時我們仍不曉得契機出現了，只知道這樣待下去不是辦法，又悶至差些兒吐白沫，沒事也須找點事來做，何況對方形跡可疑。」

龍鷹讀得啼笑皆非。

符小子常怪自己賣關子，現在輪到他說故事，還不是邯鄲學步，大賣關子，惹得探頭以待，候他說出致勝的契機，又怎可能有這樣的契機。

循此方向，符小子可將複雜無比的大小戰役，連場惡鬥，串連起來，非常聰明。肯定是一種簡化，卻可令人有抽絲剝繭的聽書之樂。

第十二章　戰勝契機

戰爭在符太繪影繪聲中展開，概略描述了狼軍在河套兩岸一寨三堡的形勢，突厥人的兵精將良，軍容之鼎盛，然後以默啜派出其弟咄悉匐所率領的五千精銳，進入庫結沙，跨越黃土高原，朝毛烏素沙漠進發，惹起他們懷疑，窮追在後為切入點，沒錯過狼軍沿途姦淫婦女、殺人放火、雞犬不留的情況，惹得人人義憤填膺，恨不得親自上陣殺敵。

那種令以千計的聽者，投進他說書的感覺，使符太也重返大混蛋當時的處境，如親身經歷，說得更是揮灑自如。道：「扮龍鷹的機會終於來哩！」

人人摸不著頭腦，這樣在後面追蹤的情況，如何扮「龍鷹」？難道衝將出去，高呼龍鷹來了，豈非太過著跡？

如此公開談論鷹爺，雖沒明令禁止，怎都屬某程度的犯禁。然而，說的既是假的鷹爺，而找「范輕舟」喬扮鷹爺，又為河曲大捷致勝的因素之一，誰都無話可說。

對「鷹爺」如何在河曲大捷裡發生作用，作用有多大，連郭元振和張仁愿亦弄不清楚，何況西京的人。符太這回的說書，恰好填補這個空白。

符太同時發覺另一危機，就是與李隆基商量好的，於節骨眼處留上一手，以備下一臺興慶宮之用，是知易行難。

在眼前熾熱的聽書氣氛裡，千百人的期待，形成龐大的壓力，令符太難有保留。此時哪還顧得其他，箭已離弦，未抵箭靶紅心，不可罷休。

在四面八方的期待下，符太做了個彎弓射箭的姿勢。

絕非隨便的模仿，而是「血手」加「橫念」，雖然無弓無箭，可是，各人看到的，卻是在沒有弓箭下搭箭、拉弦，至弓成滿月，勁箭離弦而去，直射上星夜虛空的所有動作細節，形神維肖維妙，神奇至極。

沒人想過，符太的「醜神醫」可於此情況下，以這個形式顯露一手，神乎其技，登時爆起震天采聲，久久不絕，將湖央亭說書的氣氛推上另一高峰。

符太拿的是無形的弓，射出的是無形的箭，卻能生出殺伐沙場、慘烈無比的感覺。同時解釋了老范如何令敵人懷疑「龍鷹來了」，憑的正是鷹爺天下無雙的箭技。

龍鷹的「范輕舟」，早在飛馬牧場，曾在箭技一項上大演神射手的功架，以他喬扮「龍鷹」，理所當然。

更精采的是，范輕舟的形相落在敵人眼裡，恰為以髯掩飾本來面目的「鷹爺」。

符太續道：「直到那一刻，我們仍未曉得，致勝的契機已落入我們手裡，對默啜為何分出一個五千人的部隊，不怕辛苦的翻山越壑，穿越沙漠，更是百思不得其解。不過，戰爭開始了，便沒法歇下來。」

又道：「老范和宇文劍士留下來，利用特殊的地理形勢，突襲敵人，務要拖慢對方行軍的速度，令對方疲於奔命。」

接著笑道：「至於他們與敵人周旋的過程，非鄙人所知，皆因鄙人須趕往駱駝堰，與在那裡的五百兄弟會合，好在敵人進入毛烏素前在沙漠邊緣區狙擊敵人。好哩！現在鄙人交代一下這個由五百人組成的新勁旅，為何竟有如此龐大的戰力，以少得不成比例的人數，挑戰有天下最驍勇善戰者之稱，兵力是他們十倍的突厥狼軍。」

敘述加分析，聽得各人趣味盎然，若如親歷其境。

龍鷹大讚符太聰明，懂得避重就輕，談大概，略細節，其跳躍式的敘事方式，能越過可洩露底細的事不提，大大增加其靈活性，更可省掉唇舌。

一句老子不在場，推個一乾二淨。

符太此趟說書，發生在无瑕回來報上驗證結果之前，觀之現在台勒虛雲對自己的信任，可知符太說書不露漏洞，故讀之放心，不用邊讀邊提心吊膽。

如此不謀而合，該是得老天爺照拂。

不過顧此失彼，聽過這臺說書，哪還用聽另一臺，故以說書引李旦、太平後晚齊集到興慶宮之計，再行不通。

此事如何解決，令人頭痛。

符太滿足地歎息一聲，負手在亭內踱著方步，來回走動，再吁一口氣，道：「我們終猜到對方的目的地，就是無定河北岸被風沙掩埋大半，只餘一道尚算完整的殘牆的統萬城。五百兄弟裡，幸好有熟悉當地環境的人。」

接著語調鏗鏘的道：「五百兄弟，由大帥親自號召，大半為原隨鷹爺遠征塞外的兄弟，回朝時解甲歸田，於突厥人來侵前三個月在幽州集結；又有十多人，均為鷹爺當年遠征西北的外族高手，個個武技強橫，與突厥人有解不開的血海深仇。此外，由大帥揀選己方精銳裡的精銳，湊足五百之數，人人可以一擋十，視死如歸，兼配備精良，只上等弩箭機有二百之多。論實力，不在對方令塞外震懼的金狼軍之下。當然，人數少得多。」

六座樓臺逾千聽眾莫不屏息，等待符太的說書人說下去。令符太有著無與倫比的感受，以前怎可能想過，可令如此眾多的人，細心聆聽自己說的每一句話？

符太一屁股坐入木桌旁的椅子去，自斟自飲，閒聊般道：「各位聽官，坦白說，以五百之眾，對上名懾大漠的狼軍，又是處於驚弓之鳥的警戒狀態，不論陷阱佈置得多巧妙，戰略如何高明，縱勝亦只可能是慘勝。幸好，他奶奶的，曉得他們是要穿過毛烏素到統萬城去，整件事變得再不一樣。可是呵！那時我們仍懵然不知，勝利的第一線曙光，已告出現。」

接而道：「諸位有何高見？」

他乘機休息。

字字含勁，是損耗，斟酌該說甚麼，甚麼不該說，更是費神。

鬨鬧四起，議論紛紛，不時有人提出看法，均屬戰爭門外漢的奢談謬想，不著邊際，然無論如何，掀起新一波的熱鬧，令人進一步投進符太的說書天地去。

「是否在對方的糧水裡下工夫？」

此句一出，全體靜下來。一來因說話的是有崇高聲望的楊清仁，也想看符太的反應。

符太暗讚楊清仁了得，懂得把握時機，露上一手。別人怎麼看不重要，最重要是太平、李旦等「自己人」怎樣瞧他。

際此皇族、高官、各方領袖雲集的場合，一句中的，比平常任何表現更可收奇效，而待至人人思窮智竭的一刻，方灑然拋出與眾不同的看法，可見此子才智如何出眾。

符太向他豎起拇指，笑而不語。

太平、李旦等一眾李氏皇族，見身為皇族的楊清仁為他們爭光，帶頭鼓掌喝采，其他人，即使如安樂、長寧和韋氏族人之不情願，亦不得不依禮附和。

喝采叫好聲震盪湖臺，還惹來陣陣迴響。

楊清仁立起來，抱拳朝各方行江湖敬禮，以表謝忱。

先前說不中者，暗怨自己，如此簡單清楚的事，偏想不到。缺糧、缺水，如何橫渡乾旱的毛烏素沙漠？襲其糧水輜重，比之與對方主力硬撼，難易度有天淵之別。

符太道：「終於抵達統萬，鷹爺效應，開始生出作用。」

沒人計較毛烏素邊緣區那場仗如何打，因符太的兩句話，引人入勝，令人生出新的期待。可以說，眾人的情緒，由符太操縱。

由此到與郭元振合力攻破狼軍無定河北岸的河寨，大致上翔實，剩瞞著龍鷹從地底河偷往敵寨、大肆破壞的一段，因無定河之戰，在郭元振的戰報上有詳細的描述，符太要說的，是沒寫入報告，或縱在報告裡，亦語焉不詳之處。

符太忽然道：「我的娘！現在是甚麼時候？」

眾人雖慣了他粗鄙的言詞，仍被惹得哄湖大笑。

不知誰嚷道：「忘掉了！」

又引起另一場大笑。

符太喝將道：「長話短說。此時默啜大軍殺至，將統萬與無定堡和朔方的聯繫一刀切斷，令我們五百個傻瓜頓成孤軍，守著隨時可自行倒塌的殘堡。」

「哈！不瞞諸位，剛才說的甚麼視死如歸，全是用來騙人，皆因瞧不到死亡的威脅。真實的是，我們人人貪生怕死，故不得不大動腦筋，看如何免死。終於，由最怕死的老范想出辦法。」

沒人對他的話認真，敢守孤懸沙漠邊緣、殘且破的統萬，怕死的怎辦得到。

符太說得有趣，平添了他們的興味和歡樂。

現時符太說出來的，不單沒記於郭元振的報告內，也是眾人從沒想像過的。

有人笑嚷道：「老范不是愛玩命嗎？最怕死的怎可能是他？」

符太看也不看地哂道：「命都掉了，如何玩？所以老范最怕死。」

眾人的轟笑聲，差些拆掉湖樓。

符太再度起立，在亭內繞圈子，道：「任我們如何愚頑蠢鈍，亦清楚默啜不可能在短時間內攻克無定堡或朔方城牆，怕的是他們一如以往的，繞道攻打西面諸城。

幸好！默啜與老范的『假鷹爺』仇深似海，得此千載難逢之機，豈肯錯過。他奶奶的！最好笑的，是默啜竟派人代拓跋斛羅來向我們的『假鷹爺』下戰書，約老范於無定河北濱決一死戰。」

隨著他的說書，四周逐漸靜下去，直至不聞稍重點的呼吸聲。

符太道：「不用我們教他，老范自知此不單非是玩命的機會，且為找死，自行推掉，告訴來人，這裡個個都是龍鷹，問對方想挑戰哪一個。」

眾人齊聲叫絕，沒人怪范輕舟膽怯。

符太道：「就在那一刻，我們終掌握到勝利的契機，就是『假鷹爺』可起的神奇作用。」

人人聚精會神的聽著。

龍鷹心忖難怪自己回京，宗楚客和田上淵要不惜一切的殺自己，是因符太的說書，將「范輕舟」在西京的聲譽推上頂峰，成為韋宗集團奪權的威脅。

符太無心插柳，造就「范輕舟」，令「范輕舟」成了西京舉足輕重、異軍突起的人物，威勢尤勝從前。

符太接下去道：「退，是必須退，如何退？退往何方？是關鍵在處。老范就在這個時候提出穿過統萬北面的毛烏素沙漠，直撲河套，遠攻狼寨之計。你奶奶的，換過諸位賢達是默啜，以為攻擊大後方的是慣於以小勝眾、戰績彪炳的龍鷹，如何反應？」

讚歎紛起，頗有心滿意足的味道，皆因弄清楚了河曲之戰，為何從無定河打到河套的內裡奧妙。

「我們遂兵分兩路，一路攜著臨急炮製的沙筏領先起程，另一路人數不過二十，留下放火燒城，且負上將追兵引入歧途、多走冤枉路的任務。最後的截擊點，設於沙漠內的綠洲，至此大局抵定，就看我們能否攻克狼寨。」

符太說書的節奏，由此轉快，無所隱瞞，也沒甚麼好隱瞞的，一氣呵成，道出如何製火器，化沙筏為水筏，兵分兩路，一路設置河濱遙對狼寨的陣地，另一路憑火器夜襲對方大河之南的三座河堡，慘中莫哥之計，使盡解數下僥倖逃生，卻陷於進退兩難的絕境，無計可施之時，想出敗裡求勝之法。

道：「各位大人，我們那時的感覺，就像從賭坊走出來，輸得乾乾淨淨的窮光蛋，還要面對家破人亡的大禍，唯一生路，是找點賭本，再賭一鋪，最理想當然是不但將輸出去的贏回來，且贏光對方。」

符太此時說的，是所有人從未聽過的，怎想過有此轉折，己方差些兒輸掉河曲之戰。

符太揮手以強調語氣，道：「技術就在這裡！」

龍鷹啞然失笑。

這傢伙固然說書出色，更重要的是內容，由於河曲之戰的成敗，與聽者息息相關，扣人心弦處，不在話下。

事實上符太的說書，到了關鍵處，卻絕不可含糊，否則異日有人，又或台勒虛雲派人到狼山實地觀察，可拆穿符太說謊。

符太道：「四個字，『水從何來』。」

個個聽得一頭霧水，不知他在說甚麼？

於地理家言之，山為丁，水為財。故「水從何來」，隱含賭本之意，喻意巧妙。

人人引頸以待。

符太道：「舉凡立寨，其要在有堅山可倚，活水可用，否則一旦被困，轉瞬糧盡水絕。狼寨正是所有立寨條件齊備的堅固山寨。寨內有從山石間飛瀉而下的水瀑，源源不絕，於寨後成小湖，湖底有水道瀉洩，貫通大河。」

眾人開始有點明白。

然後符太來個舉重若輕，又是淡寫輕描，說得大唐福蔭，尋得狼寨內水瀑源頭，竟然是山中大湖底的去水道，狠博一鋪，抵達狼寨。

符太重拾快速的節奏，細說奪寨，接應己方兄弟渡河，河岸血戰，登寨固守的情況。

道：「狼寨落入我們手上的一刻，等於贏回以前輸出去的錢，還欠一鋪豪賭，才可以反將對方的老本贏回來。」

接著描述當時被重重封鎖，全無還手之力的情況，聽得人人心驚肉跳，不明白怎可能在這樣的劣勢裡，反敗為勝。

符太感歎的道：「人力有時而窮，自然之力卻無有極盡，於沒辦法裡，我們終於想出辦法，此法叫『三水合一，洪流破敵』，只是沒想過，我們都給沖往大河去。哈哈！」

有人喝道：「精采！精采！太醫大人今夜所述者，比任何志怪傳奇更離奇，教人歎為觀止。」

符太別頭瞧去，說話者竟是一向慣於低調的李旦，雖說現時在場者，數他最有評書的資格，仍令符太生出古怪之感，似為李旦故意惹人注目。

美女的威力真的這麼大？

符太的說書到這裡已近尾聲，就看怎樣收科結尾。

節奏再一次轉急，中間沒絲毫遲緩，從在水源處做手腳，眾人齊心合力建蓄洪池，到洪流崩堤而下，沖得狼寨支離破碎，以誇大的語調和方式鋪陳出來，聽得人人目瞪口呆，又不住叫好。

符太最後道：「趁敵人一時失掉反撲之力的時機，此時不溜，更待何時，各位聽官，今晚到此為止，多多包涵。」

全場爆起自開始以來，最激烈熾熱的喝采喊好。

第十三章　雁行效應

霜蕎俏臉如花的在湖橋迎接，看樣子是要直接送他上長寧的馬車，該為兩女間的協定。即使李隆基會意，亦被逼得袖手旁觀，一籌莫展。

霜蕎一手挽著他臂膀，半邊嬌軀挨過來道：「妾身非常感激，太醫大人的說戰精采絕倫，永留佳話。」

不待符太回應，湊在他耳邊道：「剛才相王垂問，邀妾身和小瑾到相王府去彈琴唱曲，妾身忽發奇想，何不到興慶宮去為太醫獻藝，以報太醫之情，太醫尚未聽過妾身的琴呵！休息一天，後晚如何？已和相王約好了。」

又壓低聲音道：「此事必須保密，萬勿傳開去，以免妾身為難，最怕是騷擾了興慶宮的清靜。」

符太根本沒拒絕、甚或說話的機會，因湖橋已盡，道賀者蜂擁而來，令他應接不暇。

他更是心不在焉，暗呼厲害。

看來台勒虛雲沒半步落後於形勢，如他們般掌握到李重俊一方發動兵變的時刻，故以此保著相王之命。

相較而言，與慶宮比之相王府，有強大得多的防禦力，且若老田已有攻打相王府的周詳計劃，這般的臨時變陣，勢令老田陣腳大亂，難以發揮原本的攻擊力。起碼，多出了醜神醫這個頂尖級的可怕高手。

瞧來，台勒虛雲並不認為田上淵會派人突襲興慶宮，自己的醜神醫亦非老田要清除的目標。

若然今夜一切，確屬台勒虛雲精心設計下的安排，包括以說書吸引李旦到來參加雅集，赴會的延遲，致錯失聽到霜蕎、都瑾的琴和曲，藉此不著痕跡的手段，令李旦逃過殺身之禍，對台勒虛雲的才智，不得不心服，難怪大混蛋這麼顧忌台勒虛雲。

糊裡糊塗下，與霜蕎離開臨湖平臺。

唉！今晚如何避過長寧的糾纏，不用望、聞、問、切，為她治病？

坦白說，如與高雅的長寧來個一夜纏綿，他拒絕的意志非常薄弱，剛才的車程，至此刻仍非常回味。問題在這類宮廷的亂事，一旦開始，勢欲罷不能，自尋煩惱，更是自己鄙厭的生活方式。

香風吹來，刁蠻的安樂公主出現身旁，不避嫌、肆無忌憚將玉手穿入他另一邊的臂彎，挽著他，嬌呼道：「大人說故事的本領原來這麼高，裹兒要大人說故事給人家聽。」

符太自然而然往霜蕎瞧去，眼神交接，霜蕎現出愛莫能助的神情，卻令符太看到「一線生機」。

這個刁蠻公主，恃寵生驕，橫行霸道，誰都拿她沒法，包括長寧。

所有賓客仍留在平臺上，主堂內只有列隊送客的十多個婢僕、把門的家將，感覺有點似霜蕎在江南的家當、家業，轉移到西京來。內情當然不簡單，代表著大江聯在西京設置另一據點，由八面玲瓏的霜蕎主持。

今趟符太的說書，等於為她在西京打下半壁江山，另一半須靠她自己爭取，對自己的感激，該是來自她的真心，因今次送他出大門的依傍，比說書前送他到說書亭，熱情多了，身體更自然柔軟。

若長寧先一步到外面廣場，躲在馬車上等候霜蕎將自己這尾魚送入羅網，那安樂的「狙擊」便是故意為之，破壞乃姊的好事。

符太暗忖所想的，該非自我安慰，以安樂為人，她尚未到手的東西，豈容他人覬覦，先拔頭籌，應是曉得醜神醫既與長寧一道來，現在長寧又先行一步，加上霜蕎親自押解醜神醫出門，猜到長寧的手段。

霜蕎何等精明老練，對安樂的意圖一清二楚，故而眼現無奈之色，為辨不到長寧的事心存歉意。可是，她的愛莫能助，卻給予了符太擺脫長寧的希望。

不過，這是「前門拒虎，後門進狼」，改坐安樂的馬車，結局將好不到哪裡去，何況安樂是蕩女，對「守身如玉」的怪醫不會客氣，登車後立即搞個烏煙瘴氣，想想也心寒。

而這般改上安樂的座駕車，以長寧的身份地位，不但是變心，且為變節，難以善罷。

最佳選擇，是不上任何一個公主的馬車，那長寧實難怪他。

安樂的聲音在耳邊嚷道：「太醫啞了嗎？」

符太心中一動，暗忖今次還不是送上門來，指指喉嚨，沙啞著聲音，辛苦的道：「公主看得準，鄙人說至失了聲，怕要開藥給自己醫治喉頭，方能為公主說故事。哈！」

安樂跺足不依時，三人踏出大門。

救星出現了。

李隆基。

長寧公主的馬車在左方，隨駕人員準備就緒，待醜神醫登車後立即駛離。

長寧正掀起車廂簾子的一角，瞧著符太被安樂脅持著走出來，也如霜蓄般無計可施，難道可以向妹子直言，今晚要醜神醫和她共度春宵？

安樂的車隊在右方，與長寧的車隊形成打對臺的古怪形勢，已拉開車門，恭候安樂及其俘虜的大駕，確險懸一髮。

別的不行，勾心鬥角，宮廷諸貴女均優而為之。

李隆基的座駕車則橫亙長階之下，連御者寥寥三人，遠及不上長寧、安樂十多人的威勢，但符太卻清楚，三個人的實力，不在兩位公主所有好手從衛合起來的戰力之下。

他立在敞開的車門前，與亦趕著離開的紀處訥交頭接耳的密斟著，擺出要離開時，被奸鬼紀處訥扯著說話的姿態，不予人半點攔截的意味，巧妙至天衣無縫。

如何登上李隆基的避難所，須由符太做主動，否則李隆基將同時開罪長寧、安樂，乃西京沒人承受得起的後果。

李隆基和紀處訥停止交談，先向安樂和霜蕎請安。

後者道：「大人醫術如神，想不到說書的功力一點不在醫道之下，教人驚歎。」

李隆基附和道：「到聽過太醫大人的描述，隆基方曉得河曲大捷的成果如此地得來不易，驚險萬狀，稍有錯失，將是另一回事。」

一來要走下臺階，二來被兩人灼灼的瞧著，霜蕎首先放開符太，接著是萬般不情願的安樂。

符太回復自由，登時變得龍精虎猛，不忘沙啞著聲音，道：「獻醜！獻醜！」

先向窺視他的長寧打個眼色，配以表情，然後向安樂道：「待鄙人治理好喉頭後，再和公主說故事。」

又朝霜蕎請辭，再問李隆基道：「臨淄王是否打道回府？」

他的手段，是根本不予安樂反對的機會。

李隆基應是後，符太搶先一步鑽進他的座駕車去。

龍鷹看得頭皮發麻。

台勒虛雲的手段鬼神莫測，非他龍鷹能想像，現在事後回顧，其高瞻遠矚，似能洞悉未來，如此近乎無懈可擊的對手，怎可能被擊倒？

幸好！他的計算仍有遺漏，故此武三思慘被宰掉，令台勒虛雲屈處下風，差些兒輸掉全局，直至龍鷹抵京，為楊清仁爭得右羽林軍大統領之位。

失誤的原因有二，首先是低估田上淵的實力，茫不知他有大批來自突騎施的生力軍；其次，是不曉得給九卜女混進大相府，以混毒大幅減弱大相府高手的戰力。

武三思肯定是老田的主目標，有他在，豈容宗楚客予取予攜，擺佈一切，故突襲大相府的行動，由田上淵親自領軍。

龍鷹亦認同台勒虛雲的看法，符太的醜神醫非為宗、田的清除目標，皆因要在興慶宮殺「深不可測」的醜神醫，成敗計算非常困難，也犯不著分薄實力，而做好殺武三思、李旦和太平三件事後，再對付醜神醫，可不費吹灰之力，一道命令，立將醜神醫調往千山萬水之外。

可以想像，霜蕎、都瑾到興慶宮向李旦、符太獻藝，不會只兩個人來，而是有硬手隨行，必要時可保李旦之命，至於其他人，於台勒虛雲而言，給幹掉更好。

霜蕎對符太的「醜神醫」，與對他的「范輕舟」，態度明顯有分別，熱情多了。在龍鷹的印象裡，霜蕎一向比妹子沈香雪老練，內心冰冷無情，屬為求成功，不擇手段的人。

她為何對符太另眼相看，不吝嗇色相，符太對她有何利用價值？

旋又恍然，要保著李顯的龍命，又或延長他在位的時間，醜神醫是關鍵人物。

此時美麗的小敏兒又來了，說晚膳準備好。

龍鷹心切完成讀《實錄》的大業，告訴她待符太回來一起進膳。

打發了她，龍鷹投身到符太的天地去。

符太讚道：「老兄聰明絕頂，曉得老子須靠你打救。」

馬車駛出院門，將符太所有解決不了的難題、煩惱拋諸車後，得到了自登上長寧車子以來，未有過的輕鬆。

那是一種完成不可能的任務後，油然而生的安樂和自在。

李隆基苦笑道：「你不向我使眼色，我也要找你訴苦，今回慘哩！」

符太心忖怎麼糟糕，亦為將來的事，笑道：「米尚未成炊，我們大可加以破壞，你知否霜蕎和你老爹約好，後晚到興慶宮來，讓她的所謂表妹，可繼續誘惑你老爹？」

李隆基色變道：「那米至少變成半熟，只差一點柴火。」

符太訝道：「這般嚴重？」

李隆基歎道：「大人有所不知，這個美人計絕對是衝著王父而來，都瑾固然是天生麗質的動人絕色，我看在場的所有男人，沒一個不心癢。這還非最難抵擋的，難抵擋的是都瑾的歌喉，唱功差些兒追得上紀夢，更要命的是高音色柔韌清甜，正是王父最愛聽的嗓子。就此可見對方對王父做過調查的工夫，準備充足，靜候時機。」

符太不得不認同，歎道：「太厲害哩！」

李隆基有感而發，道：「或許王父因過去長時期不幸的遭遇，對人生的看法悲觀，常說人生是個泥沼，惟有美女天籟般的歌聲，可引領人超脫於泥淖。」

符太訝道：「為何你老爹有這般不倫不類的比喻？」

李隆基道：「那是他聽過紀夢的唱曲後，第二天對我們說的。」

符太愕然，道：「聽說你爹不愛逛青樓。」

李隆基道：「他不是不好青樓的調調兒，而是怕離開相王府。這個習慣早在洛陽時養成，為何他會這樣子，我們五兄弟心裡明白。河曲大捷的消息傳來後，他變了很多，活躍起來。」

符太道：「那你怎知你老爹愛聽唱曲？」

李隆基答道：「因他若曉得有曲貌俱佳的年輕女子，不惜重金亦要聘回來向他獻藝，在這方面千金不惜。此事不是很多人知道，所以我說對方查得周詳。」

符太比他更想不到辦法，道：「甚麼都好，都瑾至少解決了明晚如何誆相王來興慶宮的難題，免去我們的大煩惱。」

李隆基肅容道：「難怪鷹爺多次警告我們，台勒虛雲雄才大略，不可以小覷。」

符太苦笑道：「小覷或不敢小覷，毫無分別，眼瞪瞪瞧著他照臉一拳轟來，擋不是，不擋更不是。」

李隆基用神思索。

符太問道：「他是你老爹，真的沒辦法。通過其他人警告相王又如何？例如太平，或上官婉兒。」

李隆基道：「萬萬不可，長公主是對王父最有影響力的人，尤在皇上之上，不過，長公主與楊清仁關係密切，我們又不能直言無忌，一個不好，會洩露我們的機密。」

略一停頓，續道：「上官大家對王父難起作用，她更未必肯聽你的話。」

符太頭痛道：「大混蛋不知何時到？」

李隆基道：「此事須由我們應付，我們沒法制止敵人施美人計，卻可從對方以王父為主目標，掌握到台勒虛雲的未來佈局。」

符太道：「對！他在你老爹身上下重注，意圖何在？」

李隆基沉吟不語。

符太道：「任你老爹如何糊塗，仍不會捧楊清仁，而置你們五兄弟不顧。」

李隆基道：「台勒虛雲的策略，叫『雁行效應』。」

符太不解道：「何為『雁行效應』？」

李隆基解釋道：「所謂『雁行效應』，就是不論如何驟雨橫風，天氣何等惡劣，只要有領頭雁，眾雁可跟在後面飛，越過高山大海，朝遙遠的目的地隊形整齊的飛去。」

符太一呆道：「這個比喻很傳神。」

李隆基道：「台勒虛雲看中王父，是因認為王父就是皇上被弒後的領頭雁，其他人都不行。只要王父領頭飛，將帶起整個皇族和支持唐統的大臣重將、世家領袖等跟在後面飛，在這樣的情況下，能否置王父於絕對控制下，成為楊清仁能否竊奪江山最重要的因素。」

又道：「當然，他們只視王父為一過渡時期的人物，通往帝座的橋樑，一只被利用棋子。」

符太立時對他另眼相看，點頭道：「明白哩！他奶奶的！台勒虛雲看得很遠，幸好你老兄也不大差。」

李隆基道：「不用捧我，隆基差他不止一籌，否則不會陷於被動，明知發展的方向，卻苦無拆解之法。」

符太道：「還有個辦法。」

李隆基喜出望外，道：「甚麼辦法？」

符太道：「就是回去好好睡一覺。」

李隆基失聲道：「這算甚麼辦法？」

符太笑道：「兄弟！甚麼都想不到時，最好是登榻尋夢，睡個精滿神足，醒來後，說不定有好主意。」

李隆基苦笑。

符太欣然道：「凡人均要睡覺，可見是老天爺的意旨，換言之是天命，明白了嗎？『塞翁失馬，焉知非福』，千算萬算，仍算不過老天爺，故此好好睡一覺，乃眼前最佳選擇。」

李隆基啞然笑道：「不無道理。」

馬車進入興慶宮。

第十四章　合籍雙修

晚膳桌上。

龍鷹問道：「為何去了整天？」

符太道：「我須先返皇宮，幹點屬本份內的事，又從高小子處得到有關李隆基回京的詳盡資料，才可去向兩大老妖提供行事的情報，像你想的那麼簡單嗎？」

龍鷹笑道：「太少火氣很大，不是在兩大老妖處受了甚麼委屈吧！」

符太道：「剛好相反，是得了天大好處，尚未易容的康老怪傳我『黃天大法』，讓老子初窺『至陽無極』之道。」

龍鷹訝道：「還以為你沒興趣。」

符太道：「只要可助我親手幹掉老田，怎可能沒興趣？兩大老妖聽過有關老田『明暗合一』的情況，均認為是近乎『不死印法』的奇功。因天下武功，抵最高境界，莫不相通，故有言大道至簡至易，此之謂也。」

龍鷹點頭道：「難怪太少這麼晚回來。」

符太道：「很古怪，他們變得有點像返老還童，對我的事非常熱心，要我展示『血手』加『橫念』的威力，讓他們思量可在何處入手幫忙。」

龍鷹心裡湧起溫暖，「仙門」將他們四個各自獨立、性情有異的人連結起來，超越了人世間的一切，建立起無私和絕對的信任，比之任何兄弟朋友之情，深刻百倍。

符太道：「要擊殺老田般的高手，普通的先天真氣壓根兒派不上用場，唯一之法，就是欺老田尚未突破至陽無極，也該是他這輩子攀不上的至境。想當年的『天師』孫恩，堪稱其時中土第一人，智深如海，亦要在目睹三佩合一、仙門開啟後，返南方日夕修行，方能做出突破，便知『至陽無極』艱難至何等程度。直接點說，於大多數人言之，是不可能的，老田也不例外。問題在那是一種虛無縹緲的境界，與人為的努力不存在關係，沒先例可依循，無從入手。」

龍鷹道：「事實是他們確練成了，否則小弟今晚不用在此借宿一宵。」

符太雙目閃閃生輝，興奮的道：「正是如此。記著，老田是我的，必須親手殺他，始可償老子平生大願。」

龍鷹道：「你究竟學到了甚麼？」

符太滿足的道：「純為心法，卻是由兩大老妖針對我的特殊情況作出提議，非常管用，套句醫家術語，是對症下藥。」

又歎道：「說起這方面，欲罷不能，其他事都似不關痛癢。放心，我將你由他們兩大老妖對田上淵出手的提議，告訴了他們。」

龍鷹道：「他們怎麼說？」

符太道：「薑是老的辣，問幾句後，立即掌握情況。還有是行刺洞玄子的事，天師將此攬到身上去，由他安排，設計好後，才看須否我們參與。」

接著道：「若單打獨鬥的生死決戰，不論僧王或天師，可穩勝洞玄子，不過世上沒這般便宜的事，『道尊宮』乃道家勝地，不知多少道行深厚的道門隱士在那裡閉關修煉，若惹出幾個厲害的老道來，唯一方法是可溜多快多遠，就那麼快和遠。故表面看似容易，實難比登天。」

龍鷹咋舌道：「竟然是這樣子。」

符太道：「兩大老妖對愈困難的事，愈有興趣。」

接著道：「至於讓李隆基安然返京，也由兩大老妖一手包辦，不用我們操心，我做中間人，與他們配合。他們說，有關兩大老妖的行動，我們知得愈少愈好，可收令我們置身事外的奇效。最妙是老妖們與田上淵的師門有瓜葛，不論老田吃甚麼虧，是啞子吃黃連，不敢說出來。」

龍鷹大喜道：「有他們拍胸口保證，可以放心哩！」

符太順口問道：「讀了多少？」

龍鷹道：「讀到你的說書大功告成，返興慶宮睡覺。」

符太道：「那就接近尾聲，卷終是李重俊的兵變，接著悶了幾天才動筆，然後你這傢伙來了。」

龍鷹問道：「都瑾是否在那晚和李旦搭上？」

符太道：「欲擒先縱，霜蕎怎會讓李旦把都瑾這般輕易弄上手。誰都看到都瑾那晚迷得李旦神魂顛倒，可是跟著就是李隆基五兄弟被逐離宮，李旦則不許離開相王府，對李旦和都瑾的發展，我像你知道的那麼多。」

龍鷹問道：「高小子曉得都瑾的事嗎？」

符太道：「忘記告訴他。」

龍鷹道：「太少並不將此事放在心上。」

符太道：「知道好！不知道好！此事已成定局，不過由於李旦手上沒有實權，都瑾現時不起作用，非燃眉之急。老子一向的態度，就是想不通的，索性不花精神去想。」

龍鷹沉吟道：「都瑾乃非常有用的線索，讓我們可掌握台勒虛雲對未來的佈局，如你們想到的，李旦勢變成楊清仁過渡往竊位最關鍵的人物，而我們則一直忽略了李旦的重要性，致棋差一著。」

符太哂道：「都說想不通的勿費神去想，還要浪費時間？老子尚要去找柔美人。」

龍鷹早忘掉此事，訝道：「你不累嗎？」

符太道：「老子的狀態不知多麼好，沒告訴你的，是今天的大慈恩寺之行，有意想不到的收穫。」

龍鷹細看他好半晌，笑道：「看來你原先沒打算告訴我。」

符太歎道：「本決定瞞你，不知如何，最後仍忍不住，可能因你的魔種在作怪。」

龍鷹道：「定與你的柔柔有關。」

符太興奮的道：「幸好老子學懂謙虛，多口問上一句。」

龍鷹道：「問甚麼？」

符太道：「問有關『姹女大法』的事。」

龍鷹同意道：「你肯定問對了人。」

法明乃女帝之下，魔門最出類拔萃之輩，精通魔門奇技秘術，太平便曾被他玩弄於股掌之上，氣得女帝差點動手幹掉他。

符太道：「起始時，我如你般的那麼想，可是經僧王解釋後，方知難以法破法，因走的是同樣路子，即使我學懂了姹女術，反令我處於更不利的位置。純看火候深淺，那敗下陣來的，肯定是老子。」

龍鷹不解道：「你豈非立定主意，拋開、超越一切的和柔美人纏綿一晚，然後讓她離開，你則變回鐵石心腸的太少，忘掉一切。」

符太皺眉道：「老子好像沒說那麼多。」

龍鷹道：「甚麼都好，這幾天忙得頭昏腦脹，昨夜又睡眠不足，令記憶衰退，故只可說出小弟的理解。他奶奶的，既然僧王沒有辦法，你可以有何所得？」

符太欣然道：「所得來自天師，他貢獻了道藏真傳的『雙修大法』，乃他前世學懂的不傳之秘，失傳逾數百年，連僧王也聞所未聞。」

龍鷹道：「竟有這麼樣的好東西，我也要學。」

符太道：「據天師所言，此法絕不適合練就『道心種魔』的人，你最好死了這條心。這秘法不適用於一般男女交合，只可用在懂採陰補陽，又或採陽補陰的男女之間，雙方必須兩情相悅，願付出，願給予，一旦達境，有鬼神莫測之神效，好處是相向的，且等若情定三生，超越人世間的恩恩怨怨。」

龍鷹抓頭道：「說得太玄妙哩！可否確切些兒？」

符太苦笑道：「天師的前世盧循對此亦不大了了，因沒試過一次是兩情相悅的，且不對等，只於盧循有利。你奶奶的，盧循並非好人。」

龍鷹無言以對。

符太歎道：「愈說愈渴望，半刻都磨蹭不下去，老子坐言起行，會柔美人去也。放心，有何結果，明天揭曉。」

符太去後，龍鷹離開內堂，心忖吃飽肚子，該休息一下，暫時放下《實錄》，來個膳後漫步，順便回家看看修補牆洞的工程進行得如何。

不過，符太溜了去會柔夫人，若自己亦開溜，小敏兒出來時人去堂空，肯定駭一大跳。

在情在理，自己好該到灶房去找著小敏兒，知會她一聲。

龍鷹從內堂後門，進入分隔內堂和大後進的天井，心裡忽然湧起莫以名之的感覺，似曾相識。

一時間，卻記不起何時曾有過這樣的感覺，但毫不含糊地，他收到來自魔種的警示。

下一刻，他曉得誰來了。

那天赴宗楚客之約，於街頭被田上淵伏擊，馬車駛來之時，他曾以魔感探索車內的九卜女，雖察覺不到車內有人，到九卜女從車窗吹出毒針他方有感應，但仍只是若有若無，並不真切。他用牙咬著對方的毒針，一直處於潛藏狀態的九卜女方現出驚鴻一瞥的破綻，令他對九卜女清晰起來。

現在的感應，就是對九卜女連串感應的總印象，雖然仍把握不到她的遠近、位置，卻清楚九卜女芳駕光臨。

心中大懍。

她來幹甚麼？

符小子前腳剛離，她後腳便到，不用說，是趁符太不在來對付小敏兒。

幸好鬼使神差，自己因花落小築修補破洞，到這裡來讀《實錄》，適逢其會。

心內同時升起另一個想法，對方究竟對付的是符太，還是小敏兒？殺了小敏兒有何作用？若只屬洩憤，徒令符太的「醜神醫」生出警覺。現時龍鷹面對的，該為宗楚客和田上淵針對醜神醫而來的陰謀手段，目的一如以往，就是除去醜神醫，令他不能成為他們對李顯施行毒計的障礙，可保萬無一失。

醜神醫醫術如神，天才曉得他會否將出事的李顯救回來。

殺醜神醫難之又難，故此這任務落在九卜女身上。肯定非是刺殺，而是陰謀手段，只不知是九卜裡的哪一卜？

思索在剎那間完成，他閃入灶房。

小敏兒剛轉過身來，眼前一花的，多了個龍鷹出來，給駭了一大跳，撫著胸口。

龍鷹向她做了個噤聲的手勢。

小敏兒出奇地沒花容失色，或許尚未弄清楚甚麼一回事，又或因經歷過風浪，瞪大眼睛瞧他。

龍鷹從她明媚的一雙大眼睛，看到她在詢問主子到了哪裡去。

龍鷹往旁移，靠貼牆壁，傳音道：「太少到外面辦事，小敏兒裝作一切如常，繼續工作。」

小敏兒乖巧的別轉嬌軀，裝作處理灶房事務。

際此之時，龍鷹終感應到九卜女的位置，自己也給嚇了一跳，非太接近，而是太遠。

九卜女剛從前面翻牆入院。

我的娘！怎麼可能？

計算時間，九卜女是守在興慶宮某處，見符太離開，始潛過來。她憑何曉得，符太返家不久又再出門？

驀地心中一動，想到一個問題，接著不浪費時間，以所能達到的最高速度，離灶房，過天井，返回內堂，用最迅速的手法，收起一半碗筷，將自己座前的桌面還原，造成似只符太一人進膳的假象，然後返灶房，將東西一股腦兒送入灶底隱秘處。

小敏兒壓根兒不曉得他離開又回來，看得莫名其妙。

龍鷹躲往門旁，靠牆站立。

小敏兒的呼吸急促起來。

龍鷹道：「放鬆！有我保護你。」

九卜女繞前堂而來，通過東廂和主堂間的廊道，確無聲無息，少點能耐亦感應不到。可是，我的娘！早在她進入院牆的範圍，龍鷹的魔種已感應到她。

魔種何時變至如此神通廣大，尤勝從前？他龍鷹的「道心種魔」，成長壯大於不知不覺裡。

此時的興慶宮，處於防衛的脆弱期，由於李隆基被逐，沒有了十八鐵衛提供的保護和巡邏，守衛只生效於一般的防護，很難制止如九卜女般頂尖兒級，又精於潛藏匿跡之道的高手。

如法明般，昨夜便如入無人之境來探訪龍鷹。

老宗和老田是否在來個兩手準備，因沒十足把握殺李隆基，故趁他尚未回京，先一步對付醜神醫。

若然如此，宗、田已清楚李隆基的實力，並對他生出疑慮、顧忌。

十八鐵衛乃女帝一手訓練出來的忠心死士，悍狠無倫，又精群戰之術，也因而不動手猶可，動手必為驚天動地的威勢，在敵人攻襲興慶宮的情況下，不可能留手，故此惹起宗、田的警覺，同時惹來台勒虛雲的注意。幸好似乎沒人清楚，十八鐵衛皆為李隆基的近衛，屬不幸裡的幸運。

思量間，九卜女停在內堂側旁，看來正透窗望入去，觀察內堂的情狀。

不知是否被九卜女的來臨刺激思緒，各類奇想紛至沓來，非常熱鬧精采。

他想到的，是宗楚客和田上淵所組成聯盟的本質，乃虎和狼的結合，充滿侵略性，當北幫獨霸北方，宗楚客取代武三思成權力最大的群相之首，就像原野上無敵的猛獸般，必須不住獵食，始可保持強大。

在宗楚客的謀劃下，藉著田上淵不受禁戒的強大武力，如猛獸獵食般，天天尋找敵人，尋找獵殺的目標，製造敵人成為了生活的常態、意義和目標，沒有敵人，簡直活不下去，更失去了盟約的向心力。

暫時擱下對付他的「范輕舟」，又忍不住向符太的「醜神醫」下手，正是虎狼結合的本質。

比起上來，台勒虛雲領導下的大江聯，文明多了，有節有制。

龍鷹首次掌握到兩方勢力的分異處。

小敏兒冷靜下來，乖巧的生火燒水。

九卜女穿窗進入內堂，無聲無息地進行某種行動。

龍鷹猜不到她在幹甚麼。

下一刻，九卜女到了樓上。

龍鷹原本的計劃，是若九卜女對小敏兒下手，來個迎頭痛擊，務置其於死地，讓她消失人間，去此大患。

九卜女令人最頭痛的，是身具九卜之藝，如果其他八卜，比得上她的吹針刺殺之技，可非說笑。

接著九卜女回到前堂去。

龍鷹心中一動，向小敏兒傳音道：「小敏兒到內堂去，收拾桌面。」

小敏兒嬌軀輕顫後，迎上龍鷹壯她膽氣的鼓勵眼神，深吸一口氣，取來托盤，朝內廳堂舉步。

第十五章　殤亡之毒

果如龍鷹所料，小敏兒穿過天井，返內廳，九卜女一陣風的由窗門離開，繞廊朝灶房的方向趕至。

內廳傳來執拾碗筷的聲音。

九卜女在內廳旁略一停留，該是透窗偷窺小敏兒，逼得龍鷹靈應提升至顛峰，只要她像上趟般略現心內殺機，立即毫不猶豫攔在她和小敏兒之間，擋針也好，擋甚麼都好，不讓她損小敏兒半根寒毛。

九卜女渾身殺人絕技，不可不慎。

龍鷹此時貼在內堂後門外的牆上，可於眨眼間來個英雄救美。

九卜女極可能是他平生所遇的刺客裡最可怕的一個，尤在无瑕之上，一來因她身具專用來刺殺的九卜之術，渾身毒技，更因其比得上无瑕鬼魅般難捉摸的身法，可想像跟蹤她，比跟蹤无瑕更困難。

龍鷹閃入內堂時，九卜女到了大後進的灶房去。

可肯定九卜女今趟來此，非是要殺小敏兒，而是做手腳，對付的是符太的「醜神醫」。

小敏兒捧著執拾好的碗碗碟碟，朝他走來，美麗的大眼睛一眨一眨的，以目光詢問他下一步該怎麼做。

龍鷹打手勢著她返灶房去。

小敏兒走出天井之際，九卜女離開灶房，飛身穿窗，越牆而去。

龍鷹閉上眼睛，展開靈應，跟著她好一陣子，直至她消失在感應網的極限外。

九卜女犯了個錯誤，就是在長街刺殺他龍鷹失敗，被龍鷹捕捉到她精神的烙印。一如龍鷹其他敵人，知他練成「道心種魔」又如何，仍不曉得面對的是甚麼，何況以為他是「范輕舟」。

龍鷹一覺醒來，神清氣爽。

昨夜終把符小子的大作讀畢，弄清楚兵變前後幾天的事。

小敏兒歡天喜地伺候他梳洗，沒因昨夜的事而惶恐不安。做慣宮娥的，確與一般女子有分別，不問半句主子為何徹夜不歸，一切理所當然。

換過是小魔女，不嚴加詰問才怪。

高力士來了，與龍鷹共進早點。

看著桌面擺著大瓶的燈油，訝道：「敢問范爺，瓶內裝著的是甚麼東西？」

龍鷹解釋道：「是給下了毒的燈油，若給點燃，吸入者的體內將儲積毒素，一旦釋出，即使先天真氣級的高手亦吃不消，輕則大病一場，重則捱幾天後，一命嗚呼。」

又告訴他九卜女昨夜來訪的事。

高力士道：「小子仍不明白，如何吸入後，再釋出來，是甚麼意思？」

龍鷹道：「這是一種以人傳毒的秘技，如非我以前從一本由胖公公的師父寫的《萬毒寶典》讀過，將永遠不曉得世上有此下毒之法。」

高力士好奇問道：「真有一萬種下毒的方法？」

龍鷹道：「當然沒一萬種那麼多，但肯定超過一千種，乃胖公公的師尊韋憐香，亦即是高祖皇帝最信任的韋公公，將胸中毒學盡錄典內，其中包括他本身並不擅長，只是聽說過的。如此以人傳毒之法，他歸類為『活毒』，活毒外還有死毒、動毒、靜毒和撞毒，大明尊教擅長的，便是撞毒。」

高力士佩服道：「愈和范爺相處，愈感范爺學究天人，無所不知，無所不曉，更無所不能。」

龍鷹苦笑道：「勿那麼誇大，現在我才真正明白，為何胖公公著我看後，必須把《寶典》燒成灰燼，比對眼前情況，活毒確陰損之極。」

稍頓續道：「此為針對太醫大人天衣無縫的毒計，九卜女在每盞燈注入小量毒油，點燃後，小敏兒於不知不覺裡，呼吸間吸納毒氣，變為『毒媒』。故此九卜女必須在晚上趁太醫離開後下毒，如經爺在，一來難瞞過他，更重要的是，氣味的改變，可瞞過小敏兒，絕瞞不過他。」

高力士不寒而慄道：「只是『毒媒』兩字，非常嚇人。」

龍鷹道：「所謂的釋出，是若經爺與小敏兒交歡，積聚的毒素經男女交合，從客體傳往另一客體，任經爺如何功力深厚，至乎百毒不侵，也抵不住在這種濃情蜜意下的活毒入侵，直至滲透五臟六腑，那時神仙難救，也不可能將毒素逼出體外去。」

高力士打個寒顫，咋舌道：「難怪范爺指此毒陰損至極，那豈非等於小敏兒被借來害死經爺，太恐怖哩！」

又惶恐的道：「這樣用毒的手法，防不勝防，我們怎辦好？」

龍鷹道：「幸好韋憐香註明，活毒的提煉製造非常困難，故等閒不肯浪費，少點斤兩亦不懂使用。依我看，九卜女該已用罄手上活毒。若有懷疑，先一步幹掉她便成。」

高力士道：「如若經爺忽然毒發，誰都不懷疑，因經爺自己曾多次申明身染劇毒，雖然現在無人相信，可是因他確當眾說過，不相信也只好改為相信。范爺說得對，此確是針對經爺天衣無縫的毒計。」

高力士又瞪著油瓶，道：「若非范爺解釋清楚，想破腦袋亦未想過，瓶內裝的是所有經九卜女施過毒的燈油。」

龍鷹也瞧著燈油瓶，道：「由此可看出九卜女已得九卜真傳，其用毒方法層出不窮，除非幹掉她，如若她要向皇上下手，根本無法抵禦。幸好皇上的情況與經爺倒轉過來，是絕不可讓人曉得其死因是中了毒。」

問高力士道：「查清楚九卜女了嗎？」

高力士點頭道：「她是春在樓旗下的按摩娘，屬最頂級，居於清明渠東岸興化坊一幢樓房，乃武三思贈給她的物業，以前則與春在樓的姑娘住在該樓提供給她們的宿處。有兩個伺候她的婢子，平日深居簡出，現在除向皇上提供按摩服務外，不接其他生意。」

龍鷹歎道：「虧田上淵想得到。」

高力士道：「九卜女來京有好一段日子，約莫年半到兩年，通過中間人與春在樓搭上關係，由於手法超群，短短數月在京城權貴裡聲名鵲起，大受歡迎，最為人稱道是排毒的秘技，能將體內積聚的寒毒、陰毒排出體外去，效果立竿見影。」

龍鷹罵道：「他奶奶的！連我聽到，都感心癢。」

高力士道：「武三思正是如此，不過他一向霸道，曉得按摩娘每次提供服務後，均須兩天時間休養才可接另一客人，遂以重金霸著她，到武三思將她轉介皇上，誰還敢沾手，只能敢怒不敢言。」

又道：「按摩娘的事，皇上是瞞著娘娘的。」

龍鷹記起洛陽舊事，武三思向李顯推介翠翹樓的女推拿師，亦是秘密行事。道：「有可能嗎？」

高力士道：「現在當然不可能，出奇地，娘娘隻眼開、隻眼閉，沒干涉。否則，娘娘好該自己去試試她推拿的手法。」

龍鷹沉吟道：「韋后既然曉得，老宗當然清楚，台勒虛雲猜個正著，老宗、老田裝出來的分裂假象，是用來騙我這個『范輕舟』，事實上他們一直緊密合作，沒出現過狀況。」

問道：「尚未問你，今天這麼早來，有特別的事嗎？」

高力士恭敬答道：「是來聽范爺、經爺的指示，看如何安排臨淄王返京。」

龍鷹暗罵自己糊塗，竟忘掉這麼重要的事，不過他像高力士般，並不清楚下一步怎麼走。

此時符太回來，神采飛揚，不用猜也曉得，他昨夜心想事成，春風得意。

小敏兒出迎，伺候他入席用膳。

符太像高力士般，對桌上放著大瓶燈油，摸不著頭腦。

到龍鷹不厭其詳解釋清楚，仿如飢民的符太掃清了桌面上所有可吃進肚子的東西。狠狠道：「他奶奶的！竟敢來害老子的小敏兒。」

剛踏進內堂的小敏兒，聽得粉臉飛紅，又羞又喜的掉頭走，肯定甜在心裡。

龍鷹盯符太一眼，沒好氣道：「你是故意說給小敏兒聽的。」

符太歎道：「你扮蠢行不行，是用來補償我昨夜不在她身旁的內疚感。你奶奶的，怎想過有九卜女窺伺在旁，趁老子不在時到來行凶作惡。」

高力士插言道：「該說經爺如有神助，似有先見之明般，令九卜女以為有可乘之機，致被范爺拆穿其毒計。否則如若經爺真的離開了，范爺又不在，後果不堪想像。」

符太取來燈油瓶，拔開塞子，用力嗅了幾下，色變道：「我的娘！此乃殤亡之毒！」

兩人呆瞧著他，這般嗅嗅，竟曉得是哪種毒藥？

符太封瓶，道：「殤亡，指的是未成年而夭歿，須於夭歿者死去十天之後，開棺取屍毒，配之以十二種從本草提煉出來的毒素，再經多重煉製而成，我曾在前人的筆記讀過，只當是無稽之談，想不到真有其事，也是九卜之一。」

龍鷹百思不得其解的道：「你既然只曾讀過，怎能一嗅即知？」

符太猶有餘悸的道：「此毒特殊之處，是有殤亡小鬼寄居其內。」

接著沉聲道：「所謂屍毒，實為屍魂，因未成年便夭折，充滿怨毒。情況如邪門的『養鬼』，不過此鬼不同彼鬼，是含著劇毒的毒鬼，活毒的意思，大可能指此。這個毒鬼，偏愛陽剛之氣，故如寄居女子陰體之內，一遇男性的陽體，立即傾情投靠，如尋得替死之鬼。剛才我拔開瓶塞，立對瓶內的殤亡鬼生出感應。」

龍鷹駭然道：「世間竟有此異事。」

符太道：「本教裡，有人好養鬼之術，故我對此有經驗，該錯不到哪裡去。據所讀筆記，此殤亡毒必須經呼吸進入體內，因呼吸繫乎人的生死，可以女體吸納之，然後與要殺的男性對象合體交歡，完成種毒。」

高力士咋舌道：「那就是名副其實的毒女，天下事，無奇不有。」

符太冷哼道：「人不犯我，我也要犯人，何況是她來犯老子。他奶奶的！我們必須在短期內佈局殺她，當是先向田上淵討點債，亦可亂他們陣腳，此事沒得商量，否則如讓她一卜一卜的施展下去，天才知道有何可怕後果。」

龍鷹同意道：「我怎會反對，幹掉才算，還顧得那麼多？」

高力士道：「小子可在不動聲息裡留意她於宮內的情況，至於宮外，我們無法顧及。」

龍鷹思索道：「這方面交給我。」

符太懷疑道：「除非你懂分身之術，怎辦得到？」

龍鷹道：「不是我誇口，天下間，怕只我有跟躡她的資格。問題在可否一矢中的，掌握到佈局殺她的機緣。」

又問道：「你心裡可有計劃？」

符太道：「我的方法是來個以毒攻毒，只是對付九卜女這個級數的用毒高手，一般的毒派不上用場。」

龍鷹心中一動，道：「來自楊清仁的縛神香又如何？」

符太拍案叫絕。

龍鷹向高力士解釋了「縛神香」的來龍去脈，楊清仁本打算用來對付商月令，以征服她身心，後來改用在「范輕舟」身上，目的在殺他。

再補充道：「這是任何高手，在沒防備下也肯定中招的迷香，亦惟有此香，可用來對付九卜女。」

符太道：「如何用，問老子便成。」

龍鷹欣然道：「差點忘了太少曾是大明尊教的原子。」

符太哂道：「所謂縛神香，源自我本教的『離合散』，老子亦是用此『離合散』的頂級高手。若落在外人手裡，如楊清仁之輩，絕對浪費，壓根兒不曉得其妙用。」

龍鷹向符太道：「須麻煩太少走一轉大慈恩寺，高大等著消息，以知會臨淄王。」

符太得意的道：「老子辦事，公私兩顧，回來前到過大慈恩寺，帶回兩大老妖最新和最全面的計劃。」

龍鷹讚道：「好傢伙，快說！」

符太向高力士道：「一切不變，臨淄王扮作全無戒心的從水道回來，以不變應萬變。」

高力士道：「他們兩位老人家，該有萬全之策，對吧！」

符太道：「可以這樣說，唯一條件，他們須曉得田上淵躲在哪個賊巢內。」

龍鷹頭痛道：「此事好該找大江聯幫忙，唉！卻怎可讓他們曉得？」

符太道：「將計就計又如何？」

龍鷹皺眉道：「如何將計就計？」

符太道：「如果老子稱病不出，會否轟動全宮？」

高力士道：「是轟動全城。」

符太道：「只要是正常點的神醫，怎肯讓人曉得他病倒，又或被毒倒，將情況盡量弄得曖曖昧昧的，我不信九卜女不親來察看情況。而不論她見到的是老子臥病在榻，又或龍精虎猛，必趕去找老田商量，那時我們自詡唯一有資格跟蹤她的范爺，可建奇功。」

向高力士道：「給范爺點時間，安排臨淄王五天後抵達西京。」

高力士領命去了。

第十六章　頭痛之事

剩下兩人。

龍鷹問道：「昨夜是否男歡女愛，難捨難離？」

符太道：「我現在仍不大清醒，過幾天才和你說這件事。」

龍鷹沒逼他。沉吟道：「我少有整天不外出的，但昨天卻這般做了，感覺古怪，像與外間脫了節。」

符太道：「這就是深宮的滋味，與世隔絕。古怪的是平時你不找人，別人也來找你，獨昨天沒這個情況，如老天爺要我免此一劫般。」

龍鷹問道：「若瓶內裝的是殤亡之毒，你抵受得住嗎？」

符太道：「沒十足的把握，不過，即使可驅諸體外，怕須花大番工夫，元氣將受損耗。這類邪惡之極的東西，不試為妙。」

龍鷹思索道：「既然如此，若你忽然找藉口不到皇宮去，九卜女必聞風而來，以觀察你中毒的深淺。」

符太道：「理該如此。九卜女當知老子非等閒之輩，否則不會出動如此珍貴難製的活毒，兼之老子好好歹歹是個神醫，專醫奇難雜症，天才曉得有沒有自救之道，故她肯定會來，不拖延，若我仍撐得住，便再另施毒手，務取老子之命。他奶奶的！此仇不可不報。」

龍鷹改變話題，問道：「為何『離合散』被推崇為大明尊教諸毒之王？」

符太解釋道：「所謂離合，指的是魂魄。離合散本身不能單獨使用，為何如此，沒人曉得。不過，若以混毒的方式配合其他毒物使用，可生出千變萬化的奇效，無從抵擋，令人『失魂落魄』，管你的功夫有多高，真氣如何精純。幸好製『離合散』的方法失傳近百年，用多少沒多少，非常罕貴，你得到的『縛神香』，極可能是僅餘的離合散。」

龍鷹道：「你見過嗎？」

符太道：「在捷頤津處見過，他還傳我以之混毒之法，例如配上春藥，可令貞女變為蕩婦，入侵的乃對方的魂魄，沒得抵擋。當時他僅有一小瓶，隨他的死消失了。」

龍鷹道：「竟沒人懂得從他的屍身取走這般有用的混毒之王？」

符太道：「我教有道行者，每當死期將至，會不動聲色的找個地方躲起來，俾可壽終正寢，又可不虞有給人鞭屍之辱。」

龍鷹目光落在燈油瓶，道：「若以離合散，撞以殤亡毒，如何？」

符太動容道：「那就非只神仙難救，是神仙也中招。」

侍臣來報，楊清仁來訪。

高力士安排了四個年輕侍臣，白天到金花落供小敏兒差遣，負責打掃和一般雜務，日落後返回金花落附近的宿處，免騷擾符太的清靜。

符太問道：「他來找我還是范爺？」

侍臣報上道：「本是來找范爺，曉得范爺到了這裡來，他說一併拜候。」

這就是自己人的好處，曉得不宜洩露花落小築破了個牆洞的事，把楊清仁引到符太的居所來。

符太起立道：「我到樓上休息一陣子。你到前堂應付他。」

伸個腰，打呵欠，這才去了。

龍鷹在楊清仁旁坐下，接過侍臣奉上的熱茶。

侍臣退出正堂後，楊清仁道：「有件很頭痛的事。」

龍鷹道：「甚麼事？」

兩人關係大不同，說話不用遮遮掩掩，省去客套的話。

楊清仁沒立即說出來，反問道：「太醫大人身體不適嗎？」

龍鷹心忖又可以這麼快的，訝道：「河間王從何處得到這個消息？」

楊清仁道：「來時，在朱雀門遇到高大，問他到哪裡去，他說剛從興慶宮回去，本奉旨去請太醫大人入宮，豈知太醫大人因不適沒法入宮。」

難怪他詢問。

符小子的「醜神醫」，內外功均臻登峰造極之境，百病不侵，如感不適，殊不簡單，不到楊清仁不關注。

龍鷹壓低聲音，道：「是假裝的！」

楊清仁釋然點頭，因理該如此。

龍鷹岔開道：「究竟為何事煩惱？」

楊清仁卻不肯放過，皺眉道：「大人因何裝病？」

龍鷹不想答他，不知如何答也。道：「昨夜有人來下毒，給我察覺，所以今天太醫扮中毒，好引對方再來瞧情況。」

楊清仁不解道：「為何不把人留下來？」

龍鷹道：「因來的是九卜女，憑我一人之力，未必可留下她。」

楊清仁色變道：「開始哩！」

龍鷹道：「可反過來看，對方是按部就班的進行，王庭經仍在，諒他們不敢輕舉妄動。」

楊清仁大惑不解的道：「向太醫下毒，豈能得手？」

龍鷹道：「那須看是誰下毒？下的是何種劇毒？九卜之術，豈容小覷，太醫乃解毒的大行家，經他鑑辨，九卜女下的是一種叫『殤亡』的活毒，針對的是小敏兒，當小敏兒體內積蓄足夠的毒素，太醫大人與她歡好時，殤亡之毒將傾巢注入他體內去，侵淩五臟六腑，這樣用毒的手段，叫『活毒』。」

楊清仁咋舌道：「如此用毒之法，聞所未聞，太醫大人對用毒方面的認識，亦駭人聽聞，難怪韋、宗對大人如此忌憚。」

又道：「請讓我助兩位大哥一臂之力如何？」

龍鷹最怕他自動請纓，因有難告訴他之隱，道：「我們是放長線釣大魚，不急於一時。今晚引九卜女來，不是要殺她，而是想摸清楚她的來龍去脈，跟躡她，看她到何處去。」

楊清仁一臉不以為然的神色，眉頭皺起來，道：「九卜之術，層出不窮，一天有她窺伺在旁，豈可放懷？」

龍鷹道：「所謂放長線釣大魚，指的是可佈下能必殺九卜女之局。經小弟昨夜評估，九卜女或許是世上最可怕的刺客，渾身法寶，當她處於高度警戒下，任何風吹草動，可立即遠颺，縱然有我們三人聯手，未必可留下她，反因人多了，更易被她先一步察覺。」

楊清仁仍不願認同，狠狠道：「本王不相信九卜女在這方面的本領，可超越龍鷹。」

得練成「不死印法」的楊清仁當面讚賞，拿自己來壓九卜女，龍鷹可以自豪。旋又想到楊清仁微妙的心態，因他的祖父楊虛彥乃開唐時鼎鼎有名的「影子刺客」，楊清仁自視為繼承「影子刺客」大業者，當然不願把最可怕刺客的威名拱手讓出。

然而，自己能在盡忠的地頭，高手環護下割下盡忠的首級，任楊清仁如何自命不凡，亦不得不俯首稱臣，因自問辦不到。

論刺客排名，「奪帥」參師禪該高踞三甲之內，只恨生不逢時，碰上龍鷹，次次吃虧，致聲譽大跌。

想起參師禪，新仇舊恨湧上心頭。

找到田上淵，是否等於尋得參師禪？

龍鷹施展撒手鐧，道：「昨夜小弟親歷其境，請老兄信任我的判斷。我們絕不放過她，須河間王出手時，我不會客氣。」

不容他就此問題說三道四，緊接道：「好哩！該說回令河間王頭痛的事了。」

楊清仁問道：「高大是否我們的人？」

頻密接觸，有此弊處。楊清仁從高大肯為他們說謊，得此結論。假設高力士也清楚九卜女的存在，高力士便肯定是「自己人」。

龍鷹道：「算半個。他並不清楚太醫大人佯病的因由，還以為大人不願回宮，皇上又不是真的有事，只因心裡不快，影響精神。」

楊清仁又問道：「范當家與太醫大人的關係又如何？」

楊清仁倒非要窮根究柢，或懷疑龍鷹，而是想弄清楚情況，看手上可運用的力量。

換過問的是台勒虛雲，動機肯定不一樣，旁觀者清也，亦為台勒虛雲比熱中帝位的楊清仁難應付的原因。

當日他將從水裡活捉的突騎施高手交給夜來深，台勒虛雲便直接問他，為何宇文朔和符太均無異議。

龍鷹答道：「除了小弟和河間王的真正關係外，其他事小弟沒隱瞞。」

楊清仁點頭表示明白，歎一口氣，道：「還不是與燕欽融那不知死的小官兒有關。」

龍鷹問道：「有何新發展？」

楊清仁道：「最新的發展，是李顯著長公主將燕欽融送到他的御前，讓他親口問個一清二楚。」

龍鷹不以為異，曉得此事早晚發生，如被燕欽融當面告狀，任李顯如何愚昧，亦知韋后想做另一個武曌。

昏庸的皇帝，全是這個樣兒，人人皆知、路人皆見的事，由於被弄臣、小人環繞，耳塞目閉，且耽於逸樂，過的是醉生夢死的宮廷生活，不想見到的，視若無睹；不願聽的，全當作耳邊風。一旦驚醒過來，用心去聽，用心去想，後果可想而知。而此正是韋宗集團竭盡所能，務必撲滅於其尚未成災之前。

李顯今趟如此勇敢，故因兵變的可怕經歷，更重要的，是少了個能左右他想法的武三思。宗楚客在這方面，遠比不上武三思。

龍鷹訝道：「還以為皇上找高人為他辦此事。」

楊清仁道：「不信任高大的是長公主，怕他向娘娘告密，遂把事情攬上身。」

李顯、李旦和太平三兄妹，以太平最吃得開。早在李顯被貶謫房州，李旦遭軟禁洛陽東宮，李氏皇族全賴太平撐起來，憑其手段頂著二張和武氏子弟，故而在群臣裡聲望極隆，江湖支持唐統的幫會門派，惟她馬首是瞻。若她一意將燕欽融送來京師，絕對辦得到。

楊清仁道：「長公主只告知我大概，著我在燕欽融抵京時，配合宇文統領，保這傢伙可安然到達龍座之前。至於如何送他來京的諸般細節，本王一概不知。」

龍鷹心裡矛盾。

聞弦歌，知雅意。老楊不用說出來，殺燕欽融之心昭然若揭，卻恨沒法自己出手，故來找「范輕舟」商量。

問題在殺個正直的好官，對楊清仁如搔一下癢，但於龍鷹，卻可成終身背負的內疚。他奶奶的！見死不救，已令他非常不堪。

楊清仁沉聲道：「有沒有方法讓娘娘知道此事，並掌握事情的嚴重性。」

難怪他剛才問自己與高力士的關係，由高力士去向韋后通風報訊，楊清仁可置身事外。如韋宗集團對此事留神，燕欽融抵京之事絕瞞不過他們。

有沒有兩全其美之計，既保住燕欽融的小命，又不讓他見李顯？

龍鷹問道：「依河間王估計，燕欽融何時抵京？」

楊清仁想都不想，答道：「快則一個月，遲則個半月。」

龍鷹道：「此事待小弟好好思量，老兄可放心，燕欽融將永遠見不到龍顏。」

楊清仁顯然對他信心十足，得他承諾，如釋重負，道：「尚有一事，屬題外話，對為安樂籌募大婚的驚人鉅款，范兄有眉目嗎？」

龍鷹苦笑道：「小弟沒籌得半個子兒。」

楊清仁笑道：「范當家這些年來在大江一帆風順，收入豐厚，單以你的財力，足可撐起半個大婚的開支。問題只在非常不值，與被安樂敲詐毫無分別。」

龍鷹歎道：「河間王太看得起小弟，過去幾年，每年我都要向你們進貢大筆買船費，故這邊來，那邊去，手上現錢不多，能拿出來的，少得不敢告訴人。」

他當然不是那麼窮，大汗寶墓令他的一眾兄弟，人人變得富可敵國，隨便叫他們捐少許，可募集龐大的財富。

處於楊清仁般位置的人，最著緊的是財力，深知凡事無財不行，有錢可使鬼推磨。

楊清仁道：「為何我特別提起這件事，因今天早朝，皇上正式宣佈安樂和武延秀大婚的事，並明言不准動用國庫一分一毫，又委任范當家為大婚的籌款人，韋溫出言反對，認為范當家不是合適人選，卻被娘娘和宗楚客硬壓下去。我看很多人，特別是韋氏子弟，仍不心服，故此范當家若在西京募捐，恐怕阻力很大。」

龍鷹歎道：「我確非好人選，最好勿揀我。他奶奶的，他們不肯捐，得罪的是安樂，我有何辦法。」

楊清仁笑道：「總有人支持你，我便準備獻上黃金十兩，雖然杯水車薪，卻聊勝於無。榮老闆理該不甘後人，他捐的應比我多很多。」

龍鷹道：「終籌得兩筆獻金，若有一千人以你們為榜樣，可告功行圓滿。唉！到哪裡找這一千個善長來？」

楊清仁道：「非常困難。現今西京的財富集中在高門大族，而西京世族，一是依附韋氏子弟，他們擺明跟隨韋族，除非換掉你，否則不捐半個子兒。」

稍頓，續道：「另一邊的世族，支持的是大唐皇朝，對韋族深惡痛絕，於安樂和武延秀更沒好感。或許看在范當家份上，念著你在河曲之戰的功勞，捐些許，但只屬敷衍性質，幫助不大。如此勞民傷財的大婚，本身已令人煩厭。」

龍鷹捧頭叫痛。

事實上他半點不憂心募捐的事，待李隆基回來後，由他主理。卻必須擺出頭痛姿態，令異日李隆基繼承他的募捐大業順理成章。

西京無一事不牽涉政治權鬥。

楊清仁問道：「西京這麼多適合的人，安樂為何偏挑中范當家？」

這才是他真正想問的。

龍鷹道：「我也想知道。」

楊清仁道：「會否是田上淵削你財力之計？」

龍鷹點頭道：「有這個可能。」

又問道：「小可汗沒和河間王討論過這件事嗎？」

楊清仁歎道：「我現時分身乏術，非是必要的，無暇理會。」

龍鷹道：「若無燕欽融的事，何時大婚，就是老宗策動政變之時。」

楊清仁說不出話來。

第十七章　認捐名冊

龍鷹隨楊清仁到皇宮走了一轉，主要是讓李顯見到他，「范輕舟」沒去如黃鶴。於李顯而言，「現實」隨他主觀的願望變形和扭曲，他可將你完全忘掉，或把某事置諸腦後，那儘管你長時間不入宮謁見，李顯不會為此動半個念頭；可是，若他想見你時，幾個時辰已有天長地久之感。

整個宮內、宮外的形勢，亦可作如是觀，由其心境決定，不存在客觀的事實。沒人告訴他真相，被花言巧語和謊話蒙蔽。

或許，此為意志薄弱者的特性，沒法堅持某個決定，不論下決定時的決心有多大。在韋后蓄意修好下，李顯又重陷虛假的安逸裡。

高力士安排下，龍鷹與李顯短暫見面，他不主動問起大相府遇襲調查的進展，龍鷹當然隻字不提，因不知說甚麼好。

龍鷹懷疑，若燕欽融一事非已交入太平之手，事情能否繼續進行？「燕書」的震撼，顯然在自欺欺人的大唐天子腦袋內逐漸淡褪。

無論如何，李顯的反覆，大幅減緩任何事情的迫切性，令龍鷹取得喘息迴旋的空間。

唯一不變的，李顯仍愛見他、和他說話，如非宗楚客有事上報，肯定不放人。龍鷹在御書房外與宗楚客碰頭，後者春風滿面，或許認為符太的「醜神醫」終於中招，命不久矣，去除了奪位的最後障礙。

他的直覺應驗如神，果然宗楚客扯著他到一旁說話，問道：「輕舟是從金花落來此嗎？聽說太醫大人身體不適，故今天不到宮裡來。」

最關心醜神醫的，本該為李顯，他卻沒就此問半句，顯然對符小子信心十足，知沒病可難倒他，包括他自己的病。

龍鷹心忖高力士散播謠言的本領，不在他吹、捧、拍的功夫之下。而以宗楚客的城府之深，有機會便問，既可見他對此事的著緊，亦可知老宗相信一切全在控制裡，沒任何顧忌。

龍鷹道：「我去過見太醫，想扯衫尾入宮，卻被告知他在練功，雖未見到太醫，看來不似有病。」

宗楚客略一沉吟，知追問下去過於著跡，轉話題道：「輕舟哪天有空？」

龍鷹苦笑道：「過多幾天如何？我為八公主籌金之事，到現在仍一事無成，好該努力一下。」

宗楚客眼內嘲弄之色，一閃即逝，堆起關切的神情，道：「輕舟備有認捐冊嗎？」

龍鷹道：「何謂認捐冊？」

宗楚客擺出熱中幫忙的虛偽模樣，解釋道：「等於捐款名錄，詳列捐者的名字、金額，並由捐者在冊上簽押，沒絲毫含糊。此冊有兩大好處，首先，如公主問起募捐的進展，將認捐冊給她過目便成。其次，只要把足額的認捐冊交給公主，可由她遣人依冊上名單和金額逐一收錢，免去輕舟很多工夫。」

龍鷹心中暗罵，他的看似幫忙，事實上大幅添加自己的壓力，沒得含糊，令安樂對他盡過多少力一目了然。唯一好處，是只要將認捐冊交給李隆基，可把責任轉嫁到他身上。

宗楚客續道：「不過！這類事有個潛規矩，便是如不足額，概由負責募捐者認頭，以補不足之數。八公主非隨便挑一個人，而是認為輕舟有足夠財力，可達她心願。」

龍鷹心忖如此潛規則，肯定是宗楚客想出來的，因除非募捐為常事，否則何來甚麼娘的潛規則？

不過他話既出口，顯然和韋后、安樂等商量好，不到自己此受害人不屈服。楊清仁早看破此點，田上淵不擇手段，亦要削弱江舟隆的財力。事無財不行，軍事式的行動，對錢財的耗損更驚人，削其財力，等於削其實力。此計極毒。

龍鷹裝出頹然無語的樣兒。

宗楚客當然不可憐他，因計出於他，且因得逞而自喜，欣然道：「我認捐百兩黃金，待輕舟備妥認捐冊，拿來讓我簽押。」拍拍他肩頭，入書齋見李顯去。

龍鷹心內苦歎，老宗加上老楊，不過一百一十兩黃金。

以楊清仁的身份地位，不過十兩黃金。老宗算大手筆，擺明賣人情給他，可知百兩黃金極可能是捐獻的極限，換過財雄的香霸，能否拿出這個數目尚屬未知。

他奶奶的！

安樂的目標是一萬五千兩黃金，須找到一百個肯捐百兩者方湊得萬兩之數，這一百個傻瓜，到哪裡找？

難道全由自己墊？

高力士來了，領他離開，道：「昭容的車在廣場候范爺。」

龍鷹訝道：「今天她竟可以這麼快返家？」

高力士輕描淡寫的道：「一切依然，皇上勤力幾天後回復正常，今天如非娘娘逼他，不會上廷主持朝會。」

聽高力士以這樣的語調說李顯，知他對這個昏君早已心死。

又道：「昨夜宗楚客請來兩個色藝俱絕的歌姬，到麟德殿在御前表演，看得皇上如醉如癡，事後又安排兩歌姬侍寢，皇上何來早朝的精神。今天，小子告訴皇上經爺今日不能來，皇上像聽不到似的。」

龍鷹搖頭歎息。

高力士又道：「小子向娘娘通報了燕欽融的上書。」

龍鷹心忖高力士比之自己，更能當機立斷，實事求是。問道：「你怎樣說？」

高力士道：「小子沒點出燕欽融之名，只告訴娘娘，皇上拿著個奏章一讀再讀，神色凝重，接著召來相王和長公主密議近一個時辰。」

龍鷹道：「你的通風報訊是聰明的，娘娘有何反應？」

高力士道：「她說我做得好，賞我二兩黃金。之後，就使人找昭容去說話。」

接著歎道：「皇上不該立即召相王和長公主來密議，而應不動聲息，於娘娘不察覺下和他們說話。唉！和相王說話是浪費時間，他已成驚弓之鳥，變得比以前在洛陽時膽子更小，又因有新寵，但求安逸，豈肯犯險？」

龍鷹扯停他，再多走十步，便從側廊進入殿前廣場。

問道：「甚麼新寵？」

高力士道：「是聽回來的，相王最近和霜蕎的表妹都瑾打得火熱，此女曲藝高超，又出落得如花似玉，令相王神魂顛倒，對國家大事，無心理會。」

龍鷹道：「相王尚未將她弄到手嗎？」

高力士道：「理該沒有，否則不用常到樂琴軒去。」

龍鷹心呼厲害，道：「這叫欲擒先縱。」

高力士認同，男人就是這副德性，愈難到手的，愈珍貴。

符太顯然對這方面的發展，全不知情。

奇道：「你沒將此事報上經爺？」

高力士道：「掖庭宮和大明宮，如各在一方的兩個不同世界，宮內全是追隨相王多年的舊宮娥和侍婢，對小子來說是鞭長莫及，小子亦是昨天才收到這個消息。」

經台勒虛雲點名後，相王李旦聲價百倍，忙道：「能否在這方面想點辦法？」

高力士現出古怪神色，點頭道：「很困難！小子盡力一試。」

欲言又止。

龍鷹訝道：「何事？」

高力士道：「大江聯因何如此在相王身上落足工夫，難道不曉得如皇上出事，第一個被殺的勢為相王，又或先逐離京，再殺之，如對付五王的手法。」

龍鷹心讚高力士懂政治，道：「高大剛說出原因，皇上出事，相王立告行情大漲，我們和大江聯目標一致，就是力保他，使之能成抗衡韋宗集團的人物，好有與之較量的勢力。」
高力士懷疑道：「辦得到嗎？」
龍鷹道：「不是辦得到與否的問題，而是沒有更好的選擇。」
高力士道：「恕小子愚魯，小子還以為若皇上出事，范爺會憑飛騎御衛對娘娘和大相來個反撲，一舉清除奸黨的勢力，順道收拾大江聯。」
龍鷹道：「你說的，正是大江聯要控制相王的原因，沒有相王，我們名不正、言不順。正義之師，也變成叛賊。何況，我們若師出無名，宇文破絕不隨我們發瘋。」
高力士吁一口氣道：「范爺英明，小子是不明時局。」
龍鷹道：「高大非不明時局，而是知之太深，一點不看好相王，認為他不似人君，比之李顯更有不如，對之不存任何希望。而事實確然如此。」
高力士道：「幸好有范爺、經爺為臨淄王主持大局，否則未來情況，不堪想像。」
龍鷹笑道：「你掉轉了來說，很快你可看到，臨淄王歸來後，將由比我們更懂玩政治手段的臨淄王主事，不像我和經爺般，不是被老宗舞得團團轉，就是被台勒虛雲牽著鼻子走，陷於被動的劣勢。」

拍拍他，往廣場舉步。

馬車開出麟德殿。

上官婉兒挨過來，撒嗲道：「上趟你壞蛋，又親又摸的，然後不顧而去，棄下人家不理。」

這麼一個香噴噴的大美人主動親熱，言挑語逗，龍鷹不由心蕩。

幸而南詔之行的後遺症，雖於屢次夜探獨孤倩然達至高峰，那時晚晚想著高門第一美女的香閨，然而隨著時間逐漸冷卻，又因多心煩之事，對男女間事大失興致，故此現在面對香豔無比的誘惑，仍把持得住。

更關鍵的，是他曉得上官婉兒在擺姿態，並非要求歡好。

當然，若他要求，大才女諒不拒絕。

龍鷹探手摟她的腰，輕吻她送上來的朱唇，問道：「像河間王般登上右羽林軍大統領之位的重要調動，朝廷會否公告天下？」

上官婉兒點頭道：「這是例行的文書。全國刺史級的大官，特別是邊疆大臣，即使沒特別的事，亦和朝廷保持文書往來，報上最新的情況，以接受朝廷的審核和授意。若有情況卻隱瞞，犯的是欺君大罪。」

龍鷹道：「如此郭大帥該曉得河間王成了大統領。」

上官婉兒點頭，道：「為何問？」

他正在想如何辦得到台勒虛雲囑託的事，當然不是心甘情願，更是養虎為患，不過若不依台勒虛雲之言，會惹他懷疑。現時相王這最重要的至尊牌落入台勒虛雲手中，形勢比人強下，只好忍辱負重。

答大才女道：「是想知道大帥是否清楚京師的新變化。」

上官婉兒道：「偷看『燕書』的事，有眉目嗎？」

龍鷹冷哼道：「怎都有點蛛絲馬跡，高大在努力中。」

上官婉兒幽幽道：「你是否不看好皇上？」

龍鷹道：「一天查不出此心腹之患，你敢對未來樂觀嗎？」

上官婉兒道：「為何想起大帥？」

龍鷹為安她的心，道：「那是我的最後一著，若每一條路都走不通時，不論如何不願，只好走這條路。」

上官婉兒伏入他的懷裡，用力摟著他的腰，淒然道：「婉兒害怕呵！」

龍鷹立告心軟，自己這樣對待舊情人，是否太過無情。

若告訴她部分真相，該告訴她哪個部分？

第十八章　風光難再

另一個念頭在腦袋升起，這樣向大才女吐露機密，不論如何不著邊際，算否是一時衝動，感情用事？

多多少少有這個味兒。

曾出賣過龍鷹的事實，始終橫梗心頭。天曉得有一天她認為韋后勢大，改投向韋后，對龍鷹的「長遠之計」，有何影響？

旋又想到，上官婉兒並沒真的出賣自己，只是置身事外，沒透露過關鍵性的秘密。她在「王庭經」、「范輕舟」上仍守口如瓶。當然，於龍鷹這兩個化身，她是有難言之隱。

忽然，龍鷹整個人輕鬆起來，皆因明白了自己為何有想向她洩露部分機密，以安她之心的衝動。

首先，這樣對她左瞞右瞞，終非辦法，以大才女的才智，於政治鬥爭的熟悉，會生出懷疑。

事實上，上官婉兒一直認為龍鷹有事瞞她。

其次，是隨著形勢的變化，相王已被推上前線來，可成李隆基的掩護。

而最重要的，不論韋宗集團勢力如何膨脹壯大，壓根兒沒法和郭元振、龍鷹相比。如龍鷹先前所言，郭元振乃最後一著，當在西京的所有努力均一敗塗地，就索性起兵從北疆反攻，天下誰能與無敵的鷹爺爭鋒？

故而不論在任何情況下，大才女絕不敢出賣龍鷹，否則就是自尋死路。

明悟湧上心頭。

他並非一時衝動，而是被「觸發」。

上官婉兒位處政治鬥爭波浪的峰尖，異常危險。

適才高力士告訴龍鷹，他向韋后「告密」後，韋后立即召上官婉兒去說話，試問大才女在曉得韋后知情的情況下，敢否隱瞞燕欽融上書的事，而她沒即知立報，實犯了韋后的禁忌。

若然，太平一方曉得韋后掌握有關「燕書」一事，太平怎麼想？當然認為是上官婉兒洩露機密，大才女則有苦自己知，啞子吃黃連，她的慘況，龍鷹是明白的。

故此懷裡香噴噴的美人兒，絕不如她表面的風光，而是飽受煎熬。

龍鷹不把九卜女放在心上，是因有對付她的把握，亦因不將李顯的生死擺在首要之位，可是，於上官婉兒卻是另一回事，影響她對韋后的態度，至乎一言一行，威脅無影無形，不知如何拿捏自處。關己事大，不由她不害怕。

太平從李顯手上把「燕書」的事接過去，顯示她對高力士不信任，從這個方向看，太平更不信任上官婉兒。

太平的想法，代表的是皇族的想法，也是沒主見的相王李旦的看法，不論李顯、李旦，均受太平影響。

上官婉兒處於一個吃力不討好的位置，左右做人難。說到底，上官婉兒屬女帝的人、武三思的人，李顯念舊，寵信上官婉兒，但絕不是太平或李旦，一旦讓李旦坐上皇位，太平肯定因而得勢，將視上官婉兒為誅除的對象，沒迴旋的餘地。

比起上來，兩個舊情人裡，上官婉兒對龍鷹有情多了，雖說時勢使然。可是「神龍政變」時，太平顯現出對龍鷹絕對無情的一面，親身參與針對龍鷹的陰謀詭計，事敗後又想借龍鷹之力誅除武氏子弟，在在表現出她的狠辣厲害，對權力的野心。

眼見兄長無能，太平是否動了心取而代之，走上女帝的舊路？儘管以往她沒這個想法，現在的形勢變化，加上楊清仁推波助瀾，此一可能性已呼之欲出。

將「燕書」一事攬上身，正是與韋宗集團展開激鬥。

龍鷹自知太忙了，循舊思路竭力向上官婉兒隱瞞真相，不懂因應新一輪的形勢，來個腦袋急轉變，既負了大才女對他的倚賴，更愧對王昱。

當大美人伏入他懷裡的一刻，他被「觸發」了。

龍鷹愛憐地撫摸她香背，低聲道：「現在我說的每一句話，大家須用神聆聽，目下西京之內，我龍鷹乃大家唯一可信任，也必須信任的人。」

他約束聲音，一句一字，語調鏗鏘地送入她耳內去。

上官婉兒嬌軀輕顫，摟得他更緊了。

馬車駛過玄武門，朝承天門開去。

車窗外陽光漫天，和風吹拂，不時掀起少許車簾。

龍鷹道：「早兩天皇上才因夢見大相，著我去調查，還表現得想立即曉得真相，可是今天見到我，竟像忘了有這麼一件事，隻字不提。」

上官婉兒嬌柔無力似的坐起來，在龍鷹的協助下，坐到他腿上去，雙手纏上他脖子，櫻唇湊在他耳邊，吐出「明白」兩字。

龍鷹把她擁個滿懷，心內百感交集，前塵舊事，湧上心頭。大才女的問題，或許是因她太能幹了，才華橫溢。假設她只徒具美麗的外表，便不至於處此眾矢之的的風眼位置。

韋后該會借重她的才具，但宗楚客絕不容她參與機密。

上官婉兒在宮內縱橫得意的日子，已可見到盡頭，將隨李顯的駕崩煙消雲散。她的「明白」，表示的是她深切明白己身的處境。

龍鷹續道：「告訴我，皇上可狠下決心，對付她的妻女？」

上官婉兒道：「不會！」

龍鷹道：「皇上就像一列防波的長堤，打開始已先天不足，接而風侵雨蝕，從內腐朽敗壞，風雨飄搖下還要抵擋著愈趨猛烈的狂風駭浪不住沖擊，崩塌是個時間的問題。他本身的不濟事，令任何想效忠者束手無策，動輒還因他死無全屍，遠的有五王，近的是李重俊、李多祚、李千里和所有被牽連的人。除非大家想做皇上的陪葬，否則必須對此重新思考。」

上官婉兒咬著他耳朵，呼喚道：「鷹爺救我！」

龍鷹道：「現時情況之凶險複雜，超乎任何人想像之外。偷看『燕書』者，是由武三思推介與皇上的按摩娘，這是她藉之以混入大相府和皇宮的化身，她真正的身份，來自塞外一個邪異門派，與田上淵有密切關係。」

他感到上官婉兒的身體變軟，該是因驀然驚覺一切似盡在龍鷹的掌握裡，如在伸手不見五指的黑暗中，看到照路的明燈，不用像瞎子般在陌生的環境裡摸索。

上官婉兒輕輕道：「婉兒沒聽過有按摩娘這個人。」

龍鷹道：「田上淵更非善男信女，出身自惡名昭著的大明尊教，與太少份屬同門，大明尊教擅長用毒，其混毒之技，更獨此一家，殺人後無可尋之跡。『獨孤慘案』是田上淵得意之作，大相府的滅門同出一轍，也是按摩娘混入大相府的原因。」

上官婉兒移離他，花容失色，兩唇抖顫，不能成話。

龍鷹點頭道：「對！皇上將來會遭遇相同的命運。」

上官婉兒道：「鷹爺豈能坐視？」

馬車進入承天門的門道，窗外陰暗下去。

龍鷹道：「此女太厲害了，我們正佈局殺她。大家比我們更明白皇上，明刀明槍的方法絕行不通，而能否成功殺她，還看天時、地利。唉！去了個按摩娘又如何？有精擅混毒的田上淵在暗裡主持，防不勝防，更不知從何防起，皇上的生死，不到我們左右。」

又道：「如若我們所料不差，娘娘和老宗對奪權成竹在胸，構想出完美計劃，將趁安樂和武延秀的大婚付諸行動，一舉清除所有反對他們的勢力。」

上官婉兒反冷靜下來，美眸深深的打量龍鷹，輕吐道：「鷹爺深悉情況，當有應對的萬全之策。」

龍鷹微笑道：「這個當然，小弟甚麼場面未見過，如非不想天下大亂，致大唐元氣大傷，百姓飽受摧殘，這就離京，皇上何時駕崩，小弟何時偕郭大帥揮軍勤王。然而此為最下下之計，故此須和韋宗集團周旋到底，玩延爭這個玩意兒。」

上官婉兒雙目充盈崇慕之色，折服於龍鷹雖然輕描淡寫，卻天然流露不可一世的英雄氣概，道：「現今怎辦好？」

龍鷹道：「暫仍見一步，走一步。先說近的，今天太少不到宮裡來，內藏玄虛，因按摩娘昨夜偷入興慶宮，想用以人傳毒的秘技害死太少，故太少今天佯作中招，引九卜女，亦即是按摩娘今夜去看情況。大家該清楚，對方為何要置太少於死。」

上官婉兒點頭表示明白。

龍鷹吻她香唇，本意是予她少許慰藉，淺嘗即止，也因她太過綺美迷人，豈知女帝時雙方情如火焰的日子，似於此刻回來了。給她一把勾著脖子，獻上火熱辣的親吻。

唇分。

上官婉兒玉頰飛紅，嬌喘連連，酥胸起伏。

馬車直出天街，朝朱雀大門去，秋陽在右方夕照皇城，安詳寧和。

上官婉兒問道：「遠的又如何？」

龍鷹心呼厲害，情動的上官婉兒仍保持一貫的清晰，問在關鍵處。

答道：「遠的是捧起相王，作為皇上駕崩後，抗衡韋、宗、田的勢力，過渡往失掉重心的朝廷，這個時期不可能太長，將以最激烈的廷戰，決定帝座誰屬。」

上官婉兒神色一黯，欲言又止。

龍鷹道：「是時候哩！」

上官婉兒垂下螓首，不情願地點頭。

龍鷹道：「我和大家，均屬聖神皇帝時代的特產，沒法在其他時代複製，大家可風光到今天，若還不心滿意足，就是不知進退。到巴蜀去如何？現時王昱的地位有點像郭大帥，穩如泰山，不論誰登場，仍不敢碰他。」

心忖由於王昱屬內圍的自己人，李隆基若登基為帝，只會更重用他。可是，對上官婉兒，李隆基抱另一態度，主要因在「神龍政變」之時，上官婉兒沒站在龍鷹一方，上官婉兒亦從來非是他們陣營的人，表面上還靠近韋后，為韋后出謀獻計，鞏固韋后的地位。最要命者，上官婉兒乃皇族窮奢極欲生活的參與者，有份揮霍損耗女帝積聚的庫財。

上官婉兒輕吐道：「一切依鷹爺指示。」

得聞此話，龍鷹如釋重負，放下一直緊壓心頭的大石。

上官婉兒回復少許神氣，展現生機，道：「天下誰鬥得過你？」

龍鷹暗呼慚愧，如告訴他全賴台勒虛雲指點明路，不知會否又駭她個半死。

上官婉兒道：「鷹爺呵！婉兒可在甚麼地方幫忙？」

龍鷹心中一動，道：「眼前當務之急，是趁皇上尚在，促成中土和吐蕃和親的事，把西疆穩下來。我們和突厥的戰爭並未結束，默啜雖失利中土，但仍然勢大，將轉略塞外，把比他們弱的小國逐一擊破，壯大後，再來打我們的主意，故此安定西疆有其必要性。」

上官婉兒點頭道：「明白！婉兒懂在皇上和娘娘處下工夫。」

龍鷹心忖這算意外收穫。

於任何一方，由於大才女所處的位置，上官婉兒有其特殊的作用，無可替代。

馬車穿過朱雀門樓。

龍鷹道：「我會著高大和大家緊密合作，高大是可絕對信任的人。」

上官婉兒秀眸放光，伏入他懷裡，撒嬌道：「不准鷹爺走！」

龍鷹苦笑道：「絕不是今夜！」

《天地明環》卷十九終

憶黃祖強(黃易)——從藝術到玄幻

今年四月上旬有美國中西部國立公園之旅，到訪死亡谷公園之日，驚聞黃祖強仁棣遽歸道山的噩耗，哀痛難眠，腦海中不斷浮現四十多年來交往的點滴，見證亦師亦友的情誼。

黃祖強是香港中文大學藝術系一九七七年的畢業生。他以黃易的筆名成為名滿天下的玄幻武俠小說宗師。身為黃易的老師，不時有人問及他在學時期的情況，我總是欣然回答，他是一位與別不同的學生，對中國藝術非常傾心。在修讀我講授的美術史課程時，已顯露他的聰慧自信。他的學期作業，不求資料完備，卻總有個人的角度和見解，在同學中自成一格。難能可貴的，是他樂於與老師在課堂以外傾談請益。除了藝術創作和史論的課題，黃祖強的興趣非常廣泛，多方探究哲學、歷史、玄學、命理，甚至神秘的靈界。也可以說，他日後在易理方面的造詣，以至進入玄幻武俠小說的宇宙，其實在藝術系念書時期已露端倪。他又喜愛與人分享他的見聞和心得，我曾被他描述的靈異世界所吸引，亦是經由他接觸到十六世紀法國預言家諾斯特拉達姆士的事蹟。

中大藝術系的老師中，黃祖強對萬一鵬（1917-1994）及丁衍庸（1902-1978）兩位，推崇備至。萬老師是詩、書、畫、印兼擅的名家，傳統造詣廣博精深，畫風雄渾豪邁。他於一九七三至七六年任教中國畫科目，是引領黃祖強進入優秀的文人畫傳統的良師，尤其奠定他筆墨的基礎，由剛健挺拔的用筆逐漸演變成饒有新意的苔點皴法，在畢業後數年仍持續發展。八十年代初贈我以山水畫作，雖仍以濃淡交融的苔點建構山石的肌理及造型，卻加入淋漓的重墨以寫樹木及勁草，宛然流露清初四僧之一石濤的餘韻。此時他醉心石濤，意欲深入探究，因而要求以自己的畫作交換先父嶺梅先生為張大千出版的《清湘老人書畫編年》巨冊，以作參考。此外，黃祖強對萬老師的教誨，恩重情長。萬老師移居加國多年，返港舉辦畫展，弟子不辭勞苦，多方襄助，展覽極之成功。

至於黃祖強對丁衍庸老師的尊崇，甚至可以說拜倒，早有自撰專文，譽之為「融合中西藝術最高境界的第一人」（黃易：〈《午覺冊》〉，《跨越東西、遊戲古今——丁衍庸的藝術時空》（2008））。丁公乃新亞書院藝術系的創辦人之一，畢生追慕清初四僧之一的八大山人及法國現代派大師馬諦斯的藝術境界，因而被稱為「現代八大」及「東方馬諦斯」。其實，丁公早已融會貫通古今中外，創造了富有鮮明個人特色及時代風格的水墨畫和油畫，晚年更以參照古璽印而成獨樹一幟的篆刻大家，名聞遐邇。黃祖強不僅在課堂上學習，畢業後還定期登門追隨，亦在此時入藏丁老師的精品，其後全數捐贈香港藝術館，化私為公，令社會大眾得以欣賞丁公的藝術成就。黃祖強對丁公藝術的推崇和認識，感悟到是自己難以達至的境界，間接影響他從書畫創作走上不同的道路，先是入職香港藝術館出任助理館長，策劃展覽、出版、購藏、研究等工作，其後竟然再次轉向，成為風靡華文世界的玄幻武俠小說宗師，因而自歎連丁公也未料到會如此改變其弟子的未來。

黃祖強任職香港藝術館十年，其間主持或參與多個大型展覽活動，表現卓越，在此不贅。值得一提的是他勇於打破現代水墨在香港藝術館藏品的壟斷地位，倡議購藏若干幅丁公的佳作，時維一九八七年，是丁公在港逝世近十年之後，首次有畫作入藏政府博物館。翌年香港藝術館籌辦「香港水墨——香港藝術館藏品精選」，遠赴倫敦展出，是同類展覽在英國的首次，由黃祖強領軍，所選藏品頗能全面地展示香港水墨畫融合革新傳統及現代創新的成就。他為展覽圖錄撰寫專文，向海外藝術愛好者介紹中國繪畫特色及欣賞門徑。篇名〈竹動？風動？〉（《香港水墨——香港藝術館藏品精選》（1988））活用禪宗偈語，直接切入中國畫唯心的精粹。文中旁徵博引畫史要論，兼及中西繪畫比較，讀來論點清晰，流暢自然，乃不可多得的佳作，亦闡明他對中國畫的理性認知和感性領悟。他所嚮往的藝術境界，正如他引用莊子「庖丁解牛」的故事，是技進乎道，將天地之道，通過畫家的妙筆，化合為一，披露出來。

黃祖強與我近年的交往，亦是以丁公為橋梁。二〇〇三年應邀為臺灣國立歷史博物館策劃大型丁公藝術回顧展，我負責在港徵集展品事宜，得到眾多收藏家的支持，黃祖強是當中熱心的一位，由於為丁公舉辦展覽，亦是他多年的心願。不過，借出只限水墨畫，珍藏的油畫則因路途遙遠恐受損傷而婉拒。「意象之美—丁衍庸的繪畫藝術」於是年在台北隆重展出，同時出版圖錄，作為丁公逝世二十五周年的紀念。及至五年之後，香港藝術館聯同香港中文大學藝術系系友會籌辦「跨越東西、遊戲古今—丁衍庸的藝術時空」，黃祖強樂見其成，贊助圖錄部份印刷經費，不僅借出水墨畫、油畫十餘珍藏，更慷慨全數捐贈香港藝術館，彰顯其喜捨之心。

自從退休之後，我與一些早期畢業的學生，時有茶聚，黃祖強伉儷也經常參與。他在席間評論藝事，時有卓見，偶而分享玄幻見聞，更使舉座悠然神往。

送別祖強之後，倒是常有一種感覺，就是數十年的匆匆一生，可能只是他遊戲人間的一瞬，在他的生花妙筆構築的玄幻宇宙，祖強此刻正在笑傲虛空。

高美慶 教授
香港中文大學藝術系前講座教授

黃易叢書系列

尋秦記〈修訂版〉〈全八卷〉HK$72.00/每本
卷一卷二 七月出版/卷三至卷八 八月出版

大唐雙龍傳〈修訂珍藏版〉〈全二十卷〉HK$60.00/每本

覆雨翻雲〈修訂珍藏版〉〈全十二卷〉HK$60.00/每本

破碎虛空〈修訂版〉〈全二卷〉HK$72.00/每本

荊楚爭雄記〈全二卷〉HK$42.00/每本

邊荒傳説〈全四十五卷〉HK$42.00/每本

大劍師傳奇〈全十二卷〉HK$42.00/每本

超級戰士〈全二卷〉HK$42.00/每本

幽靈船 HK$42.00/每本

龍神 HK$42.00/每本

域外天魔 HK$42.00/每本

迷失的永恆 HK$42.00/每本

靈琴殺手 HK$42.00/每本

時空浪族〈全二卷〉HK$42.00/每本

星際浪子〈全十卷〉HK$42.00/每本

雲夢城之謎〈全六卷〉HK$42.00/每本

封神記〈全十二卷〉HK$48.00/每本

文明之謎 HK$42.00/每本

盛唐三部曲之第一部曲 —— 日月當空
〈全十八卷〉HK$72.00/每本

盛唐三部曲之第二部曲 —— 龍戰在野
〈全十八卷〉HK$72.00/每本

盛唐三部曲之第三部曲 —— 天地明環
〈卷一至卷十八〉HK$72.00/每本
卷十九卷二十 HK$72.00/每本 七月出版
卷二十一卷二十二（結束篇）HK$72.00/每本 八月出版

天地明環〈十九〉

盛唐三部曲之第三部曲

作　　者：黃易

編　　輯：陳元貞

特約編輯：周澄秋 (台灣)

發行出版：黃易出版社有限公司

通訊處 香港大嶼山

梅窩郵政信箱3號

電話 (852) 2984 2302

印　　刷：SYNERGY PRINTING LIMITED

出版日期：2017 年 7 月 (初版)

定　　價：HK$72.00

PRINTED IN HONG KONG

ISBN 978-962-491-385-9